SHORT CLASSICS
短经典精选

S'ABANDONNER À VIVRE

Sylvain Tesson

纵情生活

〔法〕西尔万·泰松 著　范晓菁 译

人民文学出版社
PEOPLE'S LITERATURE PUBLISHING HOUSE

著作权合同登记号　图字 01-2023-1235

Sylvain Tesson
S'abandonner à vivre

© Éditions Gallimard，2014
Simplified Chinese edition copyright © 2023 by Shanghai 99 Readers' Culture Co., Ltd.
All rights reserved.

图书在版编目(CIP)数据

纵情生活/(法)西尔万·泰松著；范晓菁译.
—北京：人民文学出版社，2023(2024.1 重印)
(短经典精选)
ISBN 978-7-02-017944-2

Ⅰ.①纵…　Ⅱ.①西…②范…　Ⅲ.①短篇小说-小说集-法国-现代　Ⅳ.①I565.45

中国国家版本馆 CIP 数据核字(2023)第 062891 号

总 策 划	黄育海
责任编辑	朱卫净　何炜宏
封面设计	好谢翔

出版发行	人民文学出版社
社　　址	北京市朝内大街 166 号
邮　　编	100705
印　　刷	凸版艺彩(东莞)印刷有限公司
经　　销	全国新华书店等
开　　本	889 毫米×1194 毫米　1/32
印　　张	5.625
字　　数	97 千字
插　　页	5
版　　次	2023 年 5 月北京第 1 版
印　　次	2024 年 1 月第 2 次印刷
书　　号	978-7-02-017944-2
定　　价	59.00 元

如有印装质量问题，请与本社图书销售中心调换。电话：010-65233595

我们终将独自死去,应如孑然一身般独自生活。

——帕斯卡尔,《思想录》

终于有人对如此轻易走完永恒之路感到惊讶,
不过他确实是急速从斜坡上滚下来的。

——卡夫卡,《格言集》

于他而言,动荡才是解决一切的方式。

——德里厄·拉罗谢勒,《鬼火》

目录

001	情　人
010	集水槽
021	流　亡
036	百无聊赖
051	战　斗
062	电　线
071	尊　重
080	岩　钉
099	狙击手
108	隐　士
122	信
133	散　步
144	酒　吧
151	圣诞老人
156	火　车
161	缆　车
168	仙　女

情　人

他们死时互换了角色，那么问题就出现了，也许很荒谬：生活中他们是否本就不该如此倾尽全力，哪怕只是少做一点点呢。

——路德维希·霍尔
《耶稣升天》

谁是雷米和卡洛琳？他们是四十来岁的巴黎人，就像那些四十来岁的巴黎人写的小说里的主角。在大家习惯把"雷米和卡洛琳"放在一起讲之前，在大家聊到雷米就绝不遗漏"和卡洛琳"之前，在大家念叨卡洛琳时必提雷米之前，我就分别认识他俩。"雷米和卡洛琳"可真适合做一家有机餐厅的店名。

事实上，是我介绍他们认识的。雷米时不时给报刊的周末增刊画画，而卡洛琳是高盛集团的"金融杀手"。不过我从未搞清楚她具体的工作，因为我对这些国际金融界驰骋在"空调荒原"上的野兽的习性并不感兴趣。我和卡洛琳从小就认识,她曾是我妹妹最好的朋友,后来妹妹改主意了,我便继承了这份友谊。

那天是蠢货吉米家的一次聚会,吉米那家伙给美国杂志画作家的漫画像,还试图向左派媒体兜售非常糟糕的政治题材画。至于那次聚会,怎么说呢?就是那种巴黎人把自己当纽约人的聚会:人们彼此笑脸相迎,亲切地相互拍拍背,在极小的公寓里畅饮苏格兰威士忌,以给人一种在纽约的错觉。其实大家都感到无聊透顶,却绝不能回家睡觉。我们都害怕衰老,不愿冒险闭上眼,挤出皱纹。大伙儿都是守夜人,监守着自己的生活,即使失眠时也不放松警惕。所有人对不归家都感到稍许羞耻,因为像摆设一样杵在这里,其实是在承认自己在家也将无所事事。然后,忽然在某一刻,我说:"卡洛琳,这是雷米,他是画家。雷米,这是卡洛琳,她住在一家银行里,正等着某一天被打劫。"我还记得卡洛琳当时说了一句挺善意的话,大概意思是:"您的那些自画像一定很成功吧。"而雷米瞪着眼、看着她,活像咸海里的比目鱼,因为他从来不知道在必须说话的时候说什么,而且那时他已经醉得不轻,而她又是那么美。我留下他俩自个儿走了,我已经收获了足够的灵感。而从此以后,他俩再也没有离开过彼此。这简直是个天大的谜。某日下班后,我们几个朋友在桑提耶街马龙派教徒的餐厅里用皮塔饼蘸着东方风味酱时,对此翻来覆去地进行了无数的猜测。

北极和南极有一个共同之处：世界的中轴都穿过它们。但雷米和卡洛琳之间没有中轴，只有两极相吸。这种反常的状态反倒充当了他俩的黏合剂。索勒神甫①的《方丹戈舞》让雷米心醉神迷，而卡洛琳则会在听大卫·鲍威②时兴奋得手舞足蹈；他认为羽管键琴是魔鬼的乐器，而她则喜欢把电视频道声音调高，任凭东摇西晃的僵尸歌喉中流淌出《大头针》的旋律，震动他们在博格勒内尔街公寓的玻璃窗。这歌声还掩盖了雷米有关"在羽管键琴的弹奏中找到对电子乐恐惧不安的电子预兆……"的句末；她说世界文学注定要让读者耐心等待，直到司汤达的出现，而他却崇拜拉缪兹③；她的外表诠释了"晶莹剔透"，而他却像是用泥土坯塑成。她母狼般的面容上镶嵌着一双碧眼，身体犹如精雕细刻的细腻陶瓷；而他则长着一张月亮般蜡黄的脸，长毛垂耳狗般的神情，全然一副在索罗涅地区某次全力搜捕猎物中一无所获的沮丧模样。

对卡洛琳而言，完美的句子就像某个意大利之夜，经干涩狂风鞭打后的穆拉诺④玻璃瓶的破裂。而雷米则喜欢结结巴巴地背诵

---

① 指西班牙作曲家安东尼奥·索勒（Antonio Soler, 1729—1783），《方丹戈舞》(*Fandango*)是其代表作品。
② 大卫·鲍威（David Bowie, 1947—2016），英国摇滚歌手，《大头针》(*Pin Ups*)是其代表作。
③ 拉缪兹（Charles Ferdinand Ramuz, 1878—1947），瑞士法语诗人。
④ 穆拉诺（Murano）是意大利威尼斯的玻璃制作中心。

着佩吉①那些从半句诗行的折页渗出污泥的亚历山大体诗歌。有时，他用西藏音乐作背景朗诵《织锦》里的诗句来折磨卡洛琳。他认为喜马拉雅的符咒念诵和诗人佩吉有关"血染的种族"与"富饶的犁沟"的絮絮叨叨简直就是完美搭配。他将一切理论化，而她观察。有事发生时，他会想方设法回忆这件事让他想起的一切。而她，则只会找出某种新颖的方式为生活中那些偶然事件命名。他爱引经据典。而她，除了从日报上看到的儒勒·雷纳尔②的那句"某人阐释得很好，却没能找到所要阐释的内容"外什么都没记住。他记得一切，她则努力忘记。他知道忆古思今，而她则懂得观察。他爱查找出处，而她只信服"新颖独特"。他是近视，而她痛恨高度近视的人。她活在阳光里，甚至可以在路上猛地停下脚步，朝太阳仰起脸，闭上双眼，用皮肤作祭坛，喜迎阳光的祭献。

雷米爱喝朱皮勒啤酒，卡洛琳只喜欢卢瓦尔地区的葡萄酒，她喜欢那股沙与雾的清爽细流缓缓流向太阳穴然后染红脸庞的过程。他总是细细咀嚼全熟的牛排，而她则像瘦弱的狐猴一样在中式小锅里吃食。

梦、回忆、引用……他把一切分门别类，都记在小小的黑色

---

① 佩吉（Charles Péguy, 1873—1914），法国诗人，著有《织锦》（*Tapisseries*）等诗集。
② 儒勒·雷纳尔（Jules Renard, 1864—1910），法国作家、龚古尔文学奖评委。

备忘录里。她则抛弃了这种存在主义"档案室"。"人们把生活放进标本簿里让它枯竭。"她看着雷米那些备忘录时,出其不意地说道。他记下一切,她什么都不保留。他对生活中的一切都细嚼慢咽,而她则都从旁轻轻滑过。他生来注定劳苦耕作,而她则注定在水银色的光滑平原上溜冰。

床事方面更是凸显两人的不同嗜好。卡洛琳什么都跟我讲,就像我们在布里夫拉盖亚尔德第二十七步兵团军训时一样。在床笫之间她想夺走所有,将对方洗劫一空,并称之为"床上的攻陷"。他呢,则特别喜欢缠绵柔缓的前戏。

我还记得在圣日耳曼大街赫佐利酒馆的那些晚餐,卡洛琳经常和纽约分部兼并收购处来巴黎出差的那帮美国同事一起去那儿。这些不切实际的家伙永远不会在小酒馆里点三分熟的牛排。他们只想用鳌虾触须在西班牙黄瓜冷汤里搅泡泡。另外,他们什么主菜都不吃,而是一边喝着冰镇的路易王妃香槟,一边慢吞吞地吃掉那个窄胯、满头发膏的服务生端来的黑盘子里花里胡哨的零食。雷米很讨厌那里,可卡洛琳求他跟她在那儿会合时,他只得很不情愿地离开自己的工作室。通话后半小时他到了,手里拿着电动车头盔,迈着沉重的步伐,脸色苍白,面带敌意。卡洛琳见他进来便挥了挥小麦色的手,青筋暴出的手腕叮当响,就像拉杰普特舞者的脚踝。他说他其实想点些肉和红酒,于是那些美国人从光滑的镜架上方盯着他，仿佛他点了一份炖疣猪睾丸。

雷米对时间有种执念。他从生理上忍受着时间流逝的痛苦。对他而言，黄昏代表溃败，黎明宣告了整日的牺牲。唯一暂缓的时刻是正午，当人们在树荫下歇息时。他在工作室禁止挂钟的存在，自己也从不戴机械表。他最多只能勉强接受沙漏、液晶仪器、石英表，这些在石英无声的摩擦中默默计时的仪器。

雷米在博格勒内尔街的工作室墙面上覆盖了层层叠叠、又长又厚的帆布，以展现他要在震撼场景中凝固时间的企图，至少他是这样向来访者解释的。流淌的白色痕迹在冻土上徐徐展开，就像噩梦平原上二月的清晨。这幅腐殖土色的作品散发着威士忌的气味。雷米就这样长时间地抽着雪茄，在丙烯冻土上不停地涂抹。

卡洛琳一心只想着旅行。飞机就是她的国度，是她带着冷气的梦。她几乎可以在航站楼度过一生。而雷米需要别人用尽毕生精力才能说服他离开巴黎。他可以接受去荷兰或苏格兰的旅行，就是那种天气非常糟糕让人直想一头钻进酒吧、让人更加坚定地想逃离的国家。卡洛琳则喜欢尽情徜徉于赭石色的炙热城市中，就像托斯卡纳或者摩洛哥的那些城市，它们被无数焦灼的小巷划上条纹，像一条条导火索最后都汇集到某个炫目的小广场上引爆。雷米希望冬眠，她则像跳蚤一样总是蹦来跳去。她找到了自己的公熊，但不会在上面寄生。时间呢？她可毫不在乎，将它远远地抛到脑后。

卡洛琳要看滚动播出的新闻频道，就是屏幕被分成了很多块同时播放各种报道的那种。一些恶心的辩论者被困在那些小格子里，同时一次阿拉伯骚乱中的死亡人数在滚动条中滑过，纳斯达克股市数据在左下角闪烁。世间万象皆化为数字。她和"不间断新闻"的记者们一致认为，对电视观众而言，如果一句话超过十二个字就是过长。她告诉雷米，她的大脑可以同时分析十二则新闻。她转动着灵活的眼珠，像个探测器。她懂得如何同时欣赏现实的方方面面。她有双立体派的眼睛。她长着苍蝇的复眼和独眼巨人的前额。她的生活就像纷繁杂乱的马赛克，而雷米则像欧几里得规整的平面几何。

雷米不画画的时候就读法兰克福学派马克思主义思想者的著作。哈特穆特·罗萨[①]出版了一本《加速：现代社会中时间结构的改变》。雷米给卡洛琳的办公室打电话，给她念一些片段："时间最终被证实是有序社会的主要工具。"她一边听他讲，诺基亚黑莓手机夹在耳朵和肩膀之间，一边敲打着键盘给公司办公室执行主任写邮件，同时把一张粉色便笺纸扔到核桃木垃圾桶里，还有一只眼睛盯着彭博终端机。当雷米补充道"你投降了，亲爱的，而我是自由的，因为我只需要时不时起身画上两笔"时，她笑了，并告诉他现

---

① 哈特穆特·罗萨（Hartmut Rosa，1965—　），德国社会批评理论家。

在另一个电话又响了。

雷米用数周时间反复思考哈特穆特·罗萨的方程式:"通常,被不同的、独特的经历填满的时间似乎过得很快,当我们回忆它时却显得很漫长。相反,一段没什么经历的时间空缺仿佛过得很慢,回忆起来却显得异常短暂。"他后来总结道:只有艺术家和情人能有长时间活着的感觉,并同时忘情于另一项独特新颖的活动。

雷米殚精竭虑,对该主题乐此不疲,到处寻找有关时间的答案。他在圣奥古斯丁那里搜寻,并苦读普罗提诺。而卡洛琳对思想的态度就像猫追老鼠,她拿起某个概念,翻一翻,产生一些思考,玩乐似的戏谑一下里面的各种矛盾,一旦玩完了就扔掉……

对雷米而言,与人见面是一种侵犯,一阵电话铃响是无边宁静中的一道裂痕。卡洛琳喜欢团队合作,喜欢风险交易时市场办公室里的群情激昂。她像蜜蜂采蜜般穿梭于人群之中,跟谁都能聊上几句,但并没想要深入探讨。晚上她闭上眼,在一连串回忆彻底消失在永不回首的遗忘中之前,通过一幕幕白天的印象捕捉人来人往中的千万面孔。

他俩非常相爱,如有什么能将彼此分开,那定会令他们瞠目结舌。他们的爱情来自两处深渊的彼此吸引。他们的爱跨越一整片平原,或许更像此岸与彼岸的相互吸引,而中间流淌的是他们共同的生活。

前天晚上,他们骑摩托去巴比松,去卡洛琳父母家吃晚饭。结果,在奥尔日河畔萨维尼路追尾了一辆出了故障的卡车。

在事故中,他们给予了彼此最终的告别。

卡洛琳幸存了下来。昏迷中,监护她的医生说她还可以活四十年,但永远不会再醒过来。

雷米则当场死亡。

集水槽

圣塞弗兰街十八号的集水槽
自闭主人翁令人眩晕的夜晚轨道

——雅克·佩里·萨尔科

《字母换位游戏》

她左手放在烟的下方,以免烟灰掉到床上。

"麻烦拿个烟灰缸来吧,亲爱的。"

"在哪里?"我说。

"厨房里。"

"这就去。"我说。

"你还会回来的吧?你得发誓。"

我拿来烟灰缸,躺回到泛着光泽的潮湿床单上。玛丽安娜的皮肤散发着巴尔干半岛雨后森林腐土的味道。我们的两股烟飘到上空缠绕在一起。

"爱情就是相遇、相溶,然后消失。"

"亲爱的,别再说那些洗衣粉盒上的'鸡汤'了好吗?"

"那可不行。"

六月的阳光整天照耀着锌质屋顶,积攒的热气被输送到各家各户,就像虎牙慢慢扩散的阵阵疼痛。晚上十点,一席淡紫色的色调笼罩着整座城市。夜晚并未带来一丝一毫的清爽,人们从凌晨开始就喘着热气,直到现在还依然待在咖啡厅露台、阳台或河岸边,他们因酷暑而感到惴惴不安、头晕脑昏。

"今天肯定有老年人会热死。"她说。

"那右派在市政选举中又得少几个声音了。"我说。

我灭了烟头,让玛丽安娜侧卧,然后贴着她的后背抱住她,把头埋进她的头发。玛丽安娜的胸部让乳母和老先生们都目瞪口呆。她是维伦多尔夫的维纳斯[①],不过拥有屏气潜水者的平坦腹部、奶制品广告里出现的那种柔滑皮肤,还有拉斐尔前派描绘的圣母般的脸庞。海蓝色的双眼是她喀斯特地貌般的脸庞上的落水洞。每当我说起这类事的时候,她就会说我其实应该去撩一个女地质学家。我们像摩斯密码般断断续续地相爱。在夜里我俩就是两条虚线,因为在

[①] 一座11.1厘米高的女性小雕像,身材肥硕,象征着强盛的生育能力。1908年由考古学家约瑟夫·松鲍蒂发现于奥地利维伦多尔夫附近一处旧石器时代遗址。

彼此艰难的生活中只能窃取到为数甚少的约会的夜晚。我们见面时会特意喝醉,而且赤裸相见,还一颗一颗地吃黑葡萄。我们也互赠书籍,然后偷看对方在书上的标注……这幅美妙的生活画卷中唯一的阴影是我和别人分享她。

三年前她和一个祖籍敦刻尔克的医生结了婚。我认为他俩的结合是对布莱兹·桑德拉尔①所歌颂的"危险生活"的侮辱。我非常崇拜这位作家过剩的精力,并常在玛丽安娜耳畔念叨他。她的那位丈夫,我叫他"那个医生",是个乖孩子,做事总是全心投入。他用整整八年的学习弄明白了人是脆弱的。他让临死的人安心,帮关节炎患者减轻痛苦,把将触诊误会为性暗示的少女搞得春情荡漾。他是全科医生,这个称呼也反映在他的思想中。他金发碧眼,爱穿条纹衬衫。他治愈他人,却未能治愈自己的重疾:墨守成规。

"我一想到他和塞利纳②是同行就气愤!"

"你是在嫉妒。"她说。

"嫉妒塞利纳?"

"不,嫉妒塞德里克。"

---

① 布莱兹·桑德拉尔(Blaise Cendrars, 1887—1961),瑞士出生的法国诗人、小说家。
② 塞利纳(Louis-Ferdinand Céline, 1894—1961),法国作家和医生,《死缓》是其代表作之一。

"这是死缓①,亲爱的,婚姻就是死缓。"

我和玛丽安娜是去年冬天在伊西莱穆利欧的一个攀岩馆相遇的。我在那里教公司高管如何将自己当成猴子的艺术。玛丽安娜来上了一节启蒙课。她在拉德芳斯某银行的人力资源部工作,和成千上万的巴黎白领一样,他们认为晚上在人造岩壁上攀岩,能补偿坐在符合人体工程学的座椅上给某座高楼玻璃窗后的肥胖领导发邮件的整日辛劳。

我跟她解释了各种器材的运作方式,让她在初学者的墙面抓握几个岩点。玛丽安娜很有天分,我很乐意帮她穿上肩带。之后连续三周她又单独来学,接着还报了我的课。在十二月的某个晚上,我刚好负责关俱乐部的门,那天我们在五级屋檐线路上讲授了很长的一堂课,我在绳子的一端把她紧紧抓住。当晚我们在桑拿房做了爱。

那学期命运冲我们微笑:那个医生为获得一个热带医学的文凭参加学习深造,每两周都会离开三天,去郊区无法开窗的一家诺富特酒店参加研讨会,在那里教授们教给他血吸虫病的奥秘和苍蝇丝虫的繁殖过程。他每周四走,我随后就到他家。周日我前脚刚离开他家,他就刚好回来。在这场"华尔兹舞"中没有一丁点儿龃龉,

---

① 塞德里克(Cédric)中的字母换位后接近于 crédit,这里用来代指塞利纳作品《死缓》(*La mort à crédit*)。

我就像一个瑞士情人一样有条不紊。玛丽安娜的心分成很多格，良知那一格的隔墙是密不透风的。双重生活的精髓就是永不容忍三人共享。

"去接电话，亲爱的，要么就挂掉这该死的东西。"

"不，太远了。"她说。

"已经响了两次了。"我说。

我没有手机，因为我觉得不事先写信获得他人许可的情况下给某人打电话是极其粗鲁的行为。我拒绝回陌生人打来的电话。人们总是那么迫切地打破我们的宁静……我喜欢德加，他曾经说："原来这就是电话？我们给您响一声，您就得像佣人一样赶紧跑过去。"电话铃声切断了时间的流淌，屠杀了完整的时间块，像用日本刀切黄瓜一般剁碎了白日时光。

电话铃声第三次响起来，玛丽安娜终于起身接了电话，然后回到卧室。

"他们的课取消了，塞德里克就在楼下。他想知道是否需要买面包。他马上要上来了，我们完了。"

"没事。"我说。

攀岩是一项搏斗。攀爬岩壁能磨砺出矫健的身体，练就专门的肌肉，增强专注度，并教会你一套招式动作，赋予你攀岩运动特有的平衡感和生理韧性。但最重要的是，这项运动将你的直觉磨炼得极度敏锐。攀岩者在各种不可能的情况下集中精神，调整呼吸、运用想象力和本能反应应对危险。攀爬就如作家沙尔多纳所说，是在"不确定中有尊严地移动"，要幸存于崩塌的斜坡，要与未知搏斗。陷阱重重时要不断做出生死抉择，一旦选择错误，就会葬送性命。因此意料之外的情况从未让我手足无措。但此时此刻玛丽安娜已经乱了手脚，在悲剧到来前我们只有三十秒的应对时间，而这需要极强的随机应变能力和巨大的努力。

我也不知道自己是如何在三十秒内穿好了衣服，还站到了外窗檐。玛丽安娜则重新抚平床单，然后我听到门响，接着是玛丽安娜雀跃的欢呼声。

"真是个婊子！"我心想。

巴黎是让人意想不到的一片攀岩场地。很少有人从登山者的视角看这座城市：城市地图变成地形图。街道变幻成两侧是隔墙的窄道，那些玻璃大厦的表面比卡雷拉山的悬崖更平滑。在我眼里大小教堂就是带洞眼的、镂空的山峰。城市中峰峦林立：尖塔、小钟楼、支柱、屋顶、尖顶和拉墙，就连山区指南里的词汇也借用了哥特语义学。我和几个朋友在晚上悄悄爬遍了巴黎所有历史性建筑，巴黎圣母院、圣心教堂、圣日耳曼奥塞尔教堂在我们面前都毫无秘密。我们之所以还能忍受巴黎，就因为它这些石头砌成的缤纷花园为我们提供了一次次夜晚的旅行。攀爬是逃离人类花园的行动。我们抚摸过排水檐口兽，还为这些塔拉斯各恶龙取名字，也爬过各式护墙，我们是生活在建筑边缘的人。我们都热爱大教堂，它们活像一群滞留在某个已失去神秘感的时代的怪兽。我们是猫，城市为我们献上了它的集水槽。我们站在桅楼之巅，成了这些石舫的哨兵。有时，风会轻轻摇动建筑的木尖顶，摇曳、安抚我们因困倦而变得迟钝的身体。我们的黑夜充斥着打磨石的味道。我们知道去瞭望岗的路，从那里将展开无知的人坚称为"城市"的一池流光溢彩。

玛丽安娜的公寓在拉丁区，圣塞弗兰教堂对面的一栋八楼房子顶楼的一间阁楼。有一条生铁集水槽在整个外墙延伸开，铆钉看起来似乎都挺结实。我把手固定在管道后面，动作都小心翼翼，以防把它撬起来。我的一只脚紧贴在上面，另一只脚则插在集水槽和墙之间的空隙里。很快我脚下的灰泥层开始裂开，我用鞋底刮去大片的裂片，它们都落入空中。我的脚在破烂不堪的覆盖层上平移，双手紧绷，集水槽和铆钉都在动，它们在和我脸同高度的位置慢慢从墙面剥离。我将身体最大限度地贴近管道，让垂直结构起作用。为了减轻我身体的作用力，我弯曲脚趾，紧抠住七楼窗框的线脚。在巴黎的小巷里，高脚路灯都是铆接在楼房的二楼或三楼的，灯光耀眼夺目。行人从地面往上看是不可能望到屋顶的。没人能觉察到我的存在，我只身一人悬挂在离地二十米的管道上，任何一步失误我都将注定从高空坠落。我其实很习惯这种墙面上的探险。我常常从窗子外面进屋吃晚餐。我喜欢轻敲玻璃窗，让客人们大吃一惊，让女主人们花容失色。有时主人的脸会变得煞白，但待一阵眩晕过后还是会为我打开窗。我曾经突然出现在一个美国老书商四楼住所的窗外，他被吓得半死，那天刚好是他的生日。还有某个夏夜，一个英国女人在她巴缇诺勒街的公寓等我，可我忘了她住几楼。不过我闻到了她的香水味，就顺着这股从窗户飘出的香味爬到了五楼。某个清晨，在一栋楼的内院有个人坚决要求我从六楼爬下来，然后用枪或者伞之类的东西顶着我的脸。结果在疑虑中我还是顺从了。另外，某个夜晚，有个集水槽脱落了，于是我缓慢地朝后方跌入空中，右手抓住了一根窗栏杆，左手拉着扯下的柱子。还有一天，我赤脚攀爬一面外墙，结果割破了脚趾，在墙上留下一条血迹，很可能第二天它大大滋养了房东们的种种猜测。还有一个早晨，我在贝勒霞斯街的某栋楼六楼的阳台上醒来，却完全想不起前夜在楼下究竟狂饮了多少杯伏特加。

此时，我在五楼一动不动地待了一会儿，想努力听到玛丽安娜家里发生的事情，可是没有任何讲话的声音，巴黎的上空一片宁静。于是我继续下降。

为了绕过高脚路灯铆在墙上的支杆，我用右手抓住三楼的线脚，结果它突然断了。于是我便悄无声息地摔到了地上，身体僵直。楼房在我眼前滑过时，我感觉自己已经在半空中石化了。从半空坠落过的人会提到某种时间的悬置,当然肯定是因为意识到了无法避免的强烈撞击,并尽可能最大程度地在脑子里萦回前几秒的情形。现在我估计脊柱已经摔碎,骨头断裂的声音惊醒了整个街区。在失去意识前,我知道一定是骨折。我摔下时整个身体的重量都落在脚跟上,背也受到严重冲击,还有头。

"您还好吗?"

"不好。"

两个老太太弯着腰看着我。

"您可以起身吗?"

"不行。"

一楼的那个越南人从他的铺子里走出来。

"得给人打电话。"其中一位老太太说。

她有一头长长的直发,发蓝的脸完全可以成为死亡时带走的温柔幻象。

"找消防员!"她对越南人说。

"他们要很久才到,"他说,"八楼有个医生,我给他打电话。"

"千万不要!"我咕哝道。

"之后我再打电话给消防员。"越南人说。

他走回杂货铺,不见了踪影。那位老太太吃力地跪下来,用一只干涩而温热的手抚摸我的额头。她可能失去过她的孩子。此时我的耳朵在流血。

"请告诉他不要劳烦那位医生。"我说。

"您真是个好人,"她说,"先冷静一下。"

一分钟后他来了,他那副准备享受幸福时刻的领圣体者般的天真模样最终还是出现了。他的双眼充满了人道主义关怀,专业的一举一动不允许丝毫倦怠。他丰满的双颊就像牧师家养的仓鼠。

"发生了什么事?"

"他在我们面前摔了下来,"那位老太太说,"从路灯上面!背着地!声音听起来非常可怕,是一声巨大的闷响。"

我转过头,看到玛丽安娜在公寓大门的墙角,她紧随丈夫下了楼。她看着我,不敢往前走到人行道。她脸上的怜悯很不适合她,她残忍的时候更美。

"您的脚趾可以动吗?手指呢?"医生说。

我想用拳头揍扁他,可我的手让我痛不欲生。我很担心背上的剧痛,感觉脚跟也在发烧。

"手指可以,脚趾也可以稍微动一下,但我觉得后跟已经没知觉了。"我说。

"您在那上面干吗?"他说。

"我是鸟类学家,上面有个椋鸟窝。"

他什么都没说,因为正当他试图脱下我的鞋子时,我尖叫了起来。我的头是朝向公寓楼的,我看到玛丽安娜将脸埋进手里,我不知道她是在为我的命运哭泣,还是想逃避这尴尬的场面。

"如果那么疼,说明您的跟骨断了。"

"我的脚已经没知觉了。"我说。

"是的,压缩性骨折需要很长时间恢复。"

他一脸满足,好像习惯了让老太太们惊叹不已,并为每项诊断加以上流社会沙龙式的论述。可他完全没意识到在排水沟里的伤员头上高谈阔论是多么的滑稽可笑。接着他说:

"在医学上,我们称之为'情人骨折',因为情人会为了躲避丈夫从阳台上跳下来。"

"医生可真有想象力!"那位老太太说道。

消防员到了,此时街道已变成了蓝色,那个越南人关上了橱窗,老太太颤颤巍巍地站起身,关节咔嚓直响。玛丽安娜早已从门厅处消失。医生嘱咐消防员给我安上固定夹板,并在救护车门关上那一刻冲我微微一笑。

流　亡

> 雷和雨制造了这场摧毁,
>
> 我花园里的鲜红果实所剩无几。
>
> ——波德莱尔,《恶之花》

三月以来就未下过雨。九月的土地显出灰烬的颜色,空气中飘散着金属的味道。苍蝇一刻不停地四处飞舞,人都不能张开嘴。

他们来给他道一句永别,出租车很快就要把他带去布安达了。村长、小学老师、毛拉[①]、父母、侄女们、兄弟姐妹都在,所有人都在伊德利斯身旁。

胖妈妈的怀里躺着一个正在熟睡的新生儿。伊德利斯妈妈的肚子不停地怀小孩,是个不停打嗝的松弛的子宫。她年轻时失去过三个小孩,还剩九个。她埋葬了死去的小孩,可没流过一滴眼泪,心

[①] 穆斯林对伊斯兰神职人员和学者的敬称。

想着土地真是吝啬，人类为它祭献了如此多的肉体却也未能让它成为肥沃的牧场。

邻居们也来了，这些人并不是因单纯的友谊而来，只是为了某天可以因此时的出席而要求回报。

所有人都等着，被热浪一次又一次地灼烧。太阳像颗白球，什么承诺都不给。人们黑色的皮肤像浇上柏油的画布。刺眼的光线模糊了视野。人们眉弓的阴影映在颧骨最高处。

鸢鸟在一堆垃圾的上空盘旋。一头奶牛冲着土墙咬着轮胎。一些狗在广场一角的垃圾场吠叫，就在那辆公共出租车停靠的隐蔽角落。祈祷时刻的提示音响起：阿伊尔的毛拉——阿里·乌德·穆玛的声音被中国制造的扩音器无限放大，从炎炎夏日的灼热中迸射出来。

伊德利斯手拿一个阿迪达斯包，纯赝品。地下工坊的裁缝们制作了那个品牌莲花和三根白杠的图案，但弄错了拼写。这个年轻人把他拥有的一切都扔进了这个包。钱，则被紧紧地塞进两个塑料小包，紧贴肚皮，固定在一根胖妈妈前夜缝制的布腰带上。五千美元，得用四年才能攒够这笔钱。差不多每年一千多美元：这就是一次集体"大放血"。他们召唤了整个家族：舅舅、舅妈们，还有几个远亲。胖爸爸呢，原本头缠白巾整天逍遥度日，如今也知道得勒紧裤腰带了。

"我可不会一直数到五百,"伊德利斯心想,"如果出租车再不来,我的事就肯定成不了。"

当伊德利斯数到二百九十二时,一辆一九六二年产的奔驰500在滚滚扬尘中刹了车。

车上有五个人。伊德利斯用劲抱抱胖妈妈,感觉到她的胸脯已十分干瘪。

"就和这旱天一样。"他心想。

父亲抱住他的脖子,就像那些多雨的童年时光一样。小孩子们什么都不说,就好像在去水井的路上撞见角蝰一样惊慌失措。他们夹着双臂,拳头放在嘴里。

没人冲他喊"祝你好运!",因为没人参与过任何形式的离别。人们不知道如何与人永别,街边挥舞手绢的场景只属于那些有布匹的人。

此时行人如织。车门关上了,奔驰车启动时扬起了一只淡绿色的塑料袋,其中一半被牲畜吃了。袋子缓缓落下前在扑面的热气中飘了一会儿,好像一个信号,落在那些根本没力气抬起手的人脚边。

出租车把伊德利斯放到离城十五公里的老铝厂前,他在那儿等了八小时。炎热丝毫没有消退,可太阳已经被擦拭掉沙丘的热蒸汽融化了。卡车终于到了,伊德利斯认出了优素福,他是阿尔及利亚人,一个月前就是他找到伊德利斯,并谈妥了这桩事。

"你带钱了吗,兄弟?"

"带了。"

"给我。"

伊德利斯撩起他的衬衣,把一沓钱递给了这个家伙。

"一半。"他说。

"按说好的。"优素福说。

"按说好的。"伊德利斯重复道。

阿尔及利亚人开始数钱,他飞快地翻数着这些纸票子。伊德利斯看见他的大拇指像活塞一样翻动,心想:"他肯定习惯做这个。"他又看看发动机轰隆响的卡车,发动机是法国人在的时候用的宝珧牌,得有六十年了。那辆没有篷布遮盖的拖车里有五十来人,有些比他年长。所有人手里都握着一个运动包,另一只手则抓着车上的金属拱形扶手。他们都盯着伊德利斯。

"简直就是一群奶牛。"他心想。

优素福弹弹舌头,把两千美元放进外套口袋。他的鼻子就像被人揍过,下巴蓄着小卷胡子,还有一圈细小的络腮胡,一口皓齿白得惊人。他闻起来很干净。

"走了。"

伊德利斯上了车，用肩膀挤开那些人，在这群憔悴的"幽灵"中落了脚。

城市的光是斑驳的橘色圆点。

最后的光亮映衬出新月形的沙丘。太阳用了很长时间才死去。伊德利斯重复着心算：两千加两千等于四千，到了以后我就还剩一千。

四千美元是阿尔及利亚蛇头带尼日利亚人去申根国边境的要价。

路上的颠簸摇晃着满天星辰。南十字星熠熠生辉，伊德利斯看入了迷，因为他知道在北方——那些基督徒的王国里，群星将不复存在。

卡车朝北行驶，越过北纬十七度，过了阿加德兹省，然后就能看到阿赫利地区的山脊，这里是阿伊尔的边界。接近阿尔及利亚边境时，优素福驶离主道，往西北方向前进。他想穿越沙漠，因为沙漠在常规军控制领土范围之外。

不久，车陷进了沙里，车上的人都下来帮着推车。伊德利斯上过学，他什么都记得。他觉得自己就像古罗马苦役犯那样还得亲手推动自己的牢房。为了把防沙板放到轮胎下面让车开出来，他们挖了几小时的沙，才把卡车推回沙尘扑扑的车辙中。宝玑发动机重新开足马力准备出发,人们得赶紧跑上拖车,因为优素福不能让车停下。这个阿尔及利亚人连后视镜也没看一眼。如果有谁落下了,可不关他的事。

第三天晚上,他们没有露营歇脚。优素福和他的帮手——两个神情焦躁激昂的姆扎布人熄灭了所有车灯,仅靠GPS前行。他知道在北纬二十度附近地区布满了极端分子的岗哨。作为前两次敲诈勒索的受害者,这个阿尔及利亚蛇头可不准备给萨拉菲主义的金库再添第三次粮。

太阳从东边砂岩高原后升起,卡车到了阿尔及利亚。岩石雉堞在夜里就出现了。沙丘将它苍白的缓坡镶嵌在凝结熔岩的脚下。太阳跃过山脊,空气变得炽烈难耐。每个人都压低自己的缠头巾。半梦半醒之间,伊德利斯恍惚看到了父亲和母亲的脸、学校,还有成群的牲口。他并不感到忧伤。回忆转瞬即逝、一无是处,这样的人生究竟有什么意义呢?

到了塔芒拉瑟附近,阿尔及利亚人在穆鲁德家停了下来。穆鲁德是图瓦雷克牧民,二〇〇二年就进了这个偷渡网络,他为车队提供水和粗柴油。此时他们在这里加油。

逃亡之旅再次启程,他们远离横贯撒哈拉大沙漠的交通大动脉:沥青路像绸带一样穿过因萨拉赫,贯穿阿尔及利亚南部和沿海地区。这是三千公里的地狱之行,连这个国家从一处被运到另一处的骆驼的行程都比他们舒适。伊德利斯想,在这个世界上做畜生就会少一些痛苦。有人会带你去吃草,还可以在刺槐树荫下睡觉。然后某天一把尖刀突如其来地割开你的喉咙,然后任沙砾喝掉你的血。

这群人被路上的颠簸摇来晃去。拖车里的位置非常昂贵。一路上的各种争斗成了时间的记号:车里咒骂声四溅,甚至掩盖了发动机的噪声。这人拳脚相加,某人的嘴唇被打裂了……之后,浑浑噩噩的气氛再次降临。第五天早晨,车上少了一个乘客,后栏板沿上有血迹。前夜,伊德利斯借着月光目睹了两个人如何捅了另一个人一刀,然后把他从一侧栏板上扔了下去。伊德利斯闭上眼,睡着了,让睡意带走梦魇。

祈祷声和打呼声在东倒西歪的身体间此起彼伏。人们做着梦,呻吟着。某人的脑袋突然碰到铁车皮时就会突然惊醒,然后再次陷入梦中的虚无世界。睡眠是一剂抚慰精神的良药。这些人几乎什么都不吃。他们喝着粉色的温水,让人恶心,就像给喉咙抹上了油。

"真主至大。"

伊德利斯的邻座念叨着《古兰经》的篇章,上身半瘫在膝盖上。这是位老人,他富足的时候曾去麦加朝觐。伊德利斯摇了摇他。

"你倒在我身上了。"

"真主至大。"那个老人惊恐地赶紧重复道。

卡车载着这群离家的贱民飞驰着,身后扬起一圈旋转的沙尘,继续在撒哈拉的烈火中前行。夜晚星辰闪烁,它们并不怎么在乎人类的苦难。所以人类只得自己想想办法,不要让自己的生活成为地狱。

空气忽然变了,一股被碾压过的马齿苋草的微酸气味飘散在空气中。沙漠中的人从未闻到过海的碘味。他们成群地在无海的沙滩和干旱肆虐以来就试图逃离的贫瘠海岸定居。第十天晚上,优素福把卡车停靠在荒弃的石灰岩裂缝的侧壁。他们在那里等了很久。

地中海欢欣雀跃地颤动。每一波激浪都在0.1秒的瞬间收获一抹璀璨的阳光。光在这张黑蓝色的地毯上闪耀,伊德利斯目不转睛地看着这场盛景,出了神。

他只在固定的画布上见过这样的风景,沙丘、砂岩高原、干河都是静态的。狂风或暴雨侵袭时,沙尘幕遮天蔽日,撒哈拉人就会躲到他们的帐篷里,因此这场布景变换中没有任何人类的参与。直到风暴停止过后人们才意识到有了新景象。沙漠生活如同不断更替的一幅幅老风景画。

大海为伊德利斯表演了一场波澜壮阔的潮起潮落,不知疲倦地展示着它的舞步。伊德利斯明白现在他必须穿过这片生机勃勃的广紊水域。

晚上，船到了，那是一艘四十米长的钢制拖网渔船，它曾在阿尔及利亚海岸航行，现在被派来运送偷渡者。通常蛇头在登船时会收剩下的那一半费用，然后这些"双脚兽"就会被堆进甲板间。在欧洲海岸出现在船头之前，他们都几乎看不到天空的颜色。几个世纪以来，阿拉伯人都在同一海岸把一批又一批的黑奴装进底舱。只不过现在是奴隶自己为行程掏钱。

他们踏上了摆渡船，六人一组，从海岸上船。伊德利斯心想他再也见不到非洲了。他存在的意义就是养活三十个人：身后的父母、朋友和邻居们。所有人都在伊德利斯身上倾注了巨大的希望。每月寄回他在欧洲的收入将给他带来荣誉。他就将这样闷闷不乐地为他人的欢乐埋头苦干。

而那三十个人却想象着他在天堂。

船在午夜启航。海况很糟，大风从西西里岛吹来，被斩断的长浪渐渐变得愈发汹涌。甲板间透着微光。船开始颠簸时他们惊讶地望着彼此，然后一个接着一个开始严重晕船。唯一没晕船的是那些恐惧到不敢泄气的人。伊德利斯从仅有的通道走出去，俯下身，站在被巨浪迭起的大海一次次推搡、几乎吞噬掉的铁皮船舷，此刻的他深切体会到自身的极度脆弱，随即返回到那个臭气熏天的"洞穴"，他的同伴们如腐水般窝在里面。伊德利斯只得再次听天由命。

第三天清晨,海岸出现了。

有人喊:"意大利!"

伊德利斯贪婪地望着向岸边倾斜的山丘。此时大海很平静,无风。在南边,他们能看到缩成一个白点的海滨小城。从远处看,那些建筑很像一块块的方糖。伊德利斯心想,五年来他的生活就是为了这一刻——触摸到"黄金王国"海岸的时刻。登陆后一切都将变成可能。

此时他想起了家乡,想起了半个驼群都死于干旱后家人的悲伤,七月的某日连最漂亮的那头母骆驼也得了脓肿死了。他想起了晚上弟妹们因某事未能如愿后的大喊大叫。他想起了清晨六点,太阳刚跃过沙丘就开始炙烤天空,如同正午,而村外的帐篷里是死一般的寂静。然后,他停止了思考,因为要靠岸了。优素福在楼梯那儿一边跑,一边大声发号施令,像着了魔。

所有人都得在海岸警察来之前迅速下船,然后在荒无人烟的沙滩上散开。意大利海岸巡防队的看守比西班牙和法国的同行松散,但还是会常常碰到巡逻兵。一艘小渔船往复于大船和海岸之间,三十五马力的马达开到最大。那些阿尔及利亚人分三次把十五个尼日利亚人塞进原本只能容纳六人左右的小船。小船里全是水,船上没人会游泳,优素福根本不在乎。

这时五十来人赤脚站在沙滩上,眼看着拖网渔船远去,渐渐消失的这个小黑点是他们与非洲的最后一丝联系。联系现在断了。

伊德利斯竖起运动外套的衣领，意大利很冷。

他的口袋里有一千美元和一个在巴黎的联系方式。

布布·迪乌拉是尼日利亚人，他给自己的同胞找一张破床、一份工作、一些身份证件，由此收取佣金，是一只凶狠贪婪的秃鹫。

在村子时他们就事先商量好了，优素福以他母亲的母亲的名义发誓会在法国靠岸。现在伊德利斯却到了意大利，离他的目的地还有两千多公里……看来阿拉伯人还是阿拉伯人。

可又能向谁抱怨呢？伊德利斯想象着自己敲开意大利警察的房门，告发这个没有遵守承诺的阿尔及利亚人……无奈，他只得上路。

在路上，他学会了等到菜市场收摊后在木条箱里拾荒，学会了靠乡村的馈赠填饱肚子：秋天树丛里的桑葚、梨、李子、苹果。慢慢地，他一路向北，在汽车休息站、稻草仓深处、森林里的山毛榉树下睡觉。有一次他睡在一个改建的工厂里，仓鸮在里面过着奢侈的生活。还有一天，一个长途汽车司机把车停在公共汽车候车棚前，伊德利斯在那里过的夜。司机让他上了车，带了他五百公里。离开时，那个家伙给伊德利斯十欧元，叫他为他"吹箫"。伊德利斯赶紧扔掉钱，逃走了。从此他再也不跟任何人直视。他避开城市，走了很多路，有面包就够了。一路上他喝泉水，觉得很清甜。他第一次见到喷泉是在瓦莱达奥斯塔的村子里，他想跟一个行人解释说那根"自来水管"坏了，水都流走了。伊德利斯惧怕狗，因为它们能闻出黑人的气味，然后尾随他。几千年来，这些被小资驯养的狗崽子对黑人的憎恨日益剧增。他很怕冷，但不怕长途跋涉。他可以无休止地行走，乌木般坚硬的肌肉早已习惯了碎砾荒漠，反倒觉得这外省废弃的柏油路走起来像天鹅绒般柔滑。

每天他都得在湿润的清晨起身，饥肠辘辘，没有热茶在喉咙里留下的滚烫长痕。他想，这样活着到底有什么意义？要么在真主安拉的阳光下被烤死，要么在异教沟渠里被冻死。

伊德利斯最终到了巴黎，得花钱买人脉。他联系上了迪乌拉。他们给他在沃勒苏布瓦城郊找了一个房间：十四平方米，他要和四个同龄男孩住在一起，其他几个都来自马里的莫普提，也都不跟他讲话。留给他的是最差的位置——印迹斑斑的床垫、靠门，还有漏水的洗漱池。

巴黎的"人权行动协会"为他提供免费的法语课。协会的人为他详解法律系统的各种精妙之处，即所有法律都可被巧妙地绕过。行政部门对他而言就是一座城堡，所有的城墙都有细微的裂缝和隐藏门，只有内行才知晓它们的存在。那些腹部微突、戴红色眼镜、短发、偶尔略施粉黛的中年白种妇女尽心尽力地帮助他。但这些受帮助的难民不怎么喜欢她们。这些女人在彼此交流时都冷冰冰，对伊德利斯却表现出极度的关切。她们在对他的帮助中获得某种自豪感。她们让他感到有点恶心，可他什么都不敢说。开会时，这些女人对这些年轻的流亡者时而母性大发，时而幻想着在桌边被某个炭黑色的生殖器乱蹭一气。

他渐渐习惯了这种面粉虫般的生活，将自己藏匿于混凝土、烟气和人群中。他开始习惯这里毫无生气的面孔、萎靡不振的惨白身体。他望着在一栋栋水泥大楼之间滑过的西方世界的太阳，好像没有散发一丝一毫的能量。在沙漠中，太阳可总是在热烈燃烧的。

迪乌拉给他找了份工作：每月一千欧元，除去两百欧元的佣金还剩八百欧元。房子一百欧，食物一百欧，地铁五十欧，其他零星开支一百欧。所以他每月能往布安达汇四百五十欧元。按这样的节奏，还需要九到十个月付清行程中的所有花销。之后，这笔收入就将成为流到别人口袋里的小财富。

伊德利斯每月一收到钱就去门德斯-弗朗斯大街的西联汇款，填好"快速汇款"的汇票单子，那里离他的住处就两条街的距离。汇款到账需要四十八小时，他想象着胖爸爸戴着太阳镜，在村里的广场等公共出租车，然后去布安达收款。这个念想是伊德利斯生命中唯一的慰藉。剩下的时间，他就像狗一样苟延残喘。他本是个养骆驼的人，不由得在脑袋里再次燃起了撒哈拉的大火炉，他强迫自己熄灭所有的悔恨。可这里的人究竟是如何做到每天早上爬起来，披上灰扑扑的衣衫，扣上脖子上的链子，再次迈开脚步的？

时不时就有人在地铁卧轨，高音喇叭会宣布延迟两小时，然后人们会挥舞着愤慨的手势……

要么待在这里，要么就回到勉强能孕育一片刺槐或一群软弱无力的骆驼的沙漠，非此即彼。

周日，伊德利斯躺在床上。"一边是帐篷，另一边是这个房间。"他想着。两者之间则是优素福和他那团伙在宝玑发动机旁摇晃着"摆渡"。

每天早上他都从郊区去巴黎城中。每次出发前他都闭上眼，默念一遍路程：房间、公寓楼梯、街道、自动电梯、地铁、自动电梯、街道、单位。在这样的生活里，人们缓慢地上下波动，每天的日子都勾勒出一条规则的波浪。

一到公司伊德利斯就用钥匙打开壁橱，穿上连体制服，戴上鸭舌帽，系好安全鞋，接收指令，拿起工具，走向归他负责的橱窗。他所在的"顶清"清洁公司覆盖了市中心所有的区。

这一天伊德利斯感觉格外心力交瘁。

"伊德利斯你去拉斯帕伊大道123号。两扇橱窗，一面广告牌和一扇自动门。赶紧的！你本应该已经到了。"今早米歇尔先生是这样命令他的。

雨不大，毛毛雨在商店橱窗上蒙了一层极细密的珍珠水滴。整个巴黎好像都飘浮在云雾之中。伊德利斯到前台年轻的接待小姐那里报到。

"啊，是今天擦窗玻璃吗？去吧。"她说。

她很漂亮，修长的脖子上戴着一枚金蝴蝶。

伊德利斯走到人行道上，开始用海绵块擦洗外窗。他把海绵浸到装满去油污剂的桶里，然后让白色洗液覆盖整块玻璃窗。

他用橡皮刮刮了第一下，在白沫中抹开刮刀宽度的整齐长条。他看着那个女孩，开始刮第二下。这次露出了整个橱窗。他并不关心这家店卖的是什么，广告牌上用红色字母写着"地平线之梦"，上面有一架在棕榈树之上翱翔的飞机。

他喜欢看城市里的广告牌，当作阅读练习。移民协会的那些女士鼓励他要多练习。

透过白色泡沫中的道道刮痕，他看到：

沙漠旅行特价优惠

阿尔及利亚—奥加—尼日利亚

撒哈拉：神秘的疆域

行程包括沙漠领主家的住宿

百无聊赖

在百无聊赖中,时间从存在中剥落,游离于我们之外。

——齐奥朗,《谈话录》

光破窗而入。冬日的万丈光芒猛烈地倾泻到亚麻油毡上。这些无用的光亮灼烧着姑娘们的眼睛。天空是完美的湛蓝色,让人想了结此生。

"啊……"塔蒂亚娜呻吟了一声,然后转向墙。

阿里奥娜起身抓起那卷胶带,把客厅窗上的厚褥子拉平粘好。她看了看时钟,指针走到金色缩写字母CCCP那里(祖父留下的一九七五年款的钟)——中午十二点三十分。热浪滚滚的房间再次变暗,中央供暖系统在二月开到了最大。

"我感觉脑袋里横着一根金属生殖器。"阿里奥娜说。

"我呢,感觉后颈里插着一根电车轨。"塔蒂亚娜说。

姑娘们再次把昏昏沉沉的脑袋埋进枕头。酒精开始了它的屠杀。她们一直睡到下午五点,然后起床泡红茶。两个人安安静静地喝下了一升红茶,懒洋洋地吃掉了一盒饼干。天已经黑了。她们摘掉遮蔽窗户的褥子,一座座混凝土大楼的反光在外墙上勾勒出浅黄色的棋盘。前夜她们去了帖木儿。她们晶莹剔透的脸庞、喷满发胶的金发、嵌在杏仁眼里的青蓝色虹膜在这种北纬地区的夜店远不及在棕榈树遍布的温热带国家受欢迎。她俩用一瓶辣椒伏特加将自己灌醉。随后,两个军人带着俄罗斯新兵特有的温存与她们攀谈。一个是长着胡子的胖子,另一个瘦一些,还不赖。他们大谈特谈对车臣的憎恨,其中一个人倒在扶手椅里,另一个在出去呕吐之前大喊了一句:"格罗兹尼是婊子!"然后电工辱骂了他们,接着冲塔蒂亚娜大喊,说她不该扇他兄弟的耳光。那是在去年,塔蒂亚娜想起来她和一个只知道聊如何钓鳟鱼的"老古董"在一起度过了三周。最后那个家伙被伊戈尔赶了出去。伊戈尔是帖木儿的壮汉保安,来自喀山。舞池空了,两个好朋友只得形单影只,于是又喝了一百五十克伏特加和几瓶啤酒。然后阿里奥娜的靴子跟踩在了一根乌克兰一九九八年的管道上断了。回程简直就是一场噩梦,因为到普罗勒塔斯卡亚街的时候开始下起了小冰雹。市政府的三角门楣上,一面灯牌显示着"零下三十七度"。街道上覆盖了一层盐霜,鼻子吸入带冰屑的空气是非常痛苦的。今天是三月八日妇女节,是苏联设立的节日;也是全年最重要的节日。她俩从不会错过这种好时机度过一点点美好时光。

第二天，塔蒂亚娜一整天都对着她的倒影发愣。窗户朝向孔索莫勒街，她的金发在玻璃窗上印出一圈光晕。这个年轻的俄罗斯女人在托木斯克大学完成了语言专业的学习，九月回到母亲的公寓。六个月以来，她等待着能发生点什么事情。结果寒冷冬季从九月中便开始暴袭该地区，冰冻了所有对意外事件的期盼。没有任何一个国家可以像这个国家一样碾压人的存在。西伯利亚扼杀掉时间，摧毁无数个日日夜夜。时间如死婴般降临。在这里，唯有宿命论者能承受这样的生活。

车站的供暖烟囱冒出一团团热气：水汽在空中吹起泡沫。塔蒂亚娜想吃奶油烤蛋白，离公寓四百米的三号商铺就有卖。可她一想到要套上无数层衣服，穿上连裤袜、围巾还有风雪帽就垂头丧气。在这里——北极圈以南四百公里的地方，需要整整二十分钟才能穿戴完毕。于是她只得躺回沙发，点燃一支烟，准备吐一个圆形烟圈。

下午六点，塔蒂亚娜在窗前看到在航空公司旅行社做销售的母亲下班回家了，她比平日晚了一小时。晚餐前，她们打开电视。今晚有"战事"！要播一部有关车臣战争的电影：俄罗斯突击队严厉教训了伊斯兰极端分子，并武装收回了一片废墟的格罗兹尼。

在斯提尔吉瓦，未来是人们避而不谈的话题。城市里整齐排列着多米诺牌一样的建筑，俨然一副泰加森林的架势，堵塞了地平线。在这些光荣碑般的混凝土建筑中获得一套公寓，曾是每个苏维埃公民的梦想。斯提尔吉瓦一半的居民都在石油站工作，另一半居民则在温暖的公寓等待前面那一半回家。夜晚，成排的燃气火盆火光灼灼，从高层望去就像挂在森林之上的节日花彩。普京组织筹划国家边境的矿脉泵送，让俄罗斯再次回到发展的轨道上。二〇〇〇年起西伯利亚就竖起了钻井平台。输油管道爬上了冻原，阻止了野生驯鹿的夏季放牧。俄罗斯从睡梦中苏醒，抖了抖，把脚放到了油桶里。气嘴的嘶嘶声、簇簇火焰的喷发打破了旷野的沉静。这些夜间火炬就是国家重回全球化市场的信号灯。它们在中产阶级的思想里点燃了希望，无产者亦然：当火炬在街道远处出现时，酒鬼们就会摇摇晃晃地朝着这缕微光走去，并坚信自己找到了灯塔。现在塔蒂亚娜在想，是否有时间给伊戈尔打个电话，他在电站做机械师。他俩时不时会打个电话约炮。他就会戴着庄稼汉的鸭舌帽火急火燎地赶来。伊戈尔有一对像是用弯刀凿出的酒窝和一双红彤彤、注定用来修修补补的大手。客厅沙发的木板架子已经垮到了地上，摊在一九七七年便铺在这里的黄绿色短绒地毯上。那年塔蒂亚娜的父亲退休了，第二年夏天，他狂饮亚美尼亚白兰地，烂醉如泥，结果掉进克切尼克湖死了。塔蒂亚娜思忖着没时间做"那事"了，已经六点半了。白日接近尾声，母亲也快回来了。

第二天更糟：在白日的光亮中，塔蒂亚娜继续被失眠放逐，疲惫不堪。她不再属于时间，她在时间长河的岸边看着它流逝，而没有跳进去。夜晚，失眠再次登上时间的列车，一动不动，它粘在浸湿汗水的床单上，直愣愣地戳在将他人带入梦乡的大潮之外。塔蒂亚娜睡不着，感觉被剥夺了在时间流中偏离方向的基本权力。她呷了一口茶，又吸了一整包烟，终于明白了对她而言她的法语专业文凭在这个由冰冻的混凝土搭建，挤满乌兹别克工人、波兰技术工人和俄罗斯石油工人的城市里毫无用处。她坚信这门语言的光辉灿烂，但事实是，世界上只有六千万疲惫不堪的小资在使用它，这些人将自己折进法语曾经伟大强盛的记忆中。法语只能用于自我要求、抱怨和呻吟。在这个世界上要找到好出路，得叩开汉语、阿拉伯语或者日语的大门。塔蒂亚娜拿自己精通的虚拟式未完成过去式能做什么呢？还有那些有关福楼拜式描写的理论……

窗外是一场舞台表演：挖雪机跳着芭蕾将雪堆推到孔索莫勒街边。街上车辆川流不息，斯提尔吉瓦是一座活跃的城市。石油提供了就业，人们得抽取石油，将它送往各个炼油站并转化为汽油，然后用来载着姑娘们穿过温热的城市，朝着冰凉的莫吉托酒和电子派对挺进，最终将护送她们的悍马装满油箱。塔蒂亚娜和这个从来都无事发生的虚无之地格格不入，但又不属于别的任何地方。很快，几周后塔蒂亚娜的母亲就让她明白了一个销售员的工资不足以养育一个二十五岁的姑娘，人是不能总待在窗前透过香烟和热茶的烟雾缭绕赏雪度日的。在旅行社，这位老妇人推销着五万卢布全包的泰国游。旅行包机将成群的俄罗斯人倾倒在马来西亚边境不远处的马来半岛南部的沙滩上。在二〇〇四年海啸过后速建的混凝土度假村的沙滩上，度假的人成排地袒露着他们的红肚皮。早晨他们用摄像机拍拍自助餐，然后拿回去给国内准备出游的人看。

塔蒂亚娜躺在沙发上，按下伊戈尔的电话号码，但没拨出去。她盯着天花板——一团棕色印记在壁衣上展开，那是二十年前邻居热水泵漏水留下的印渍。她小时候就老盯着这团水晕看，像是从海葵里突然冒出来的一些河马头。现在那个印记一成不变地待在那儿……忽然一股白菜的味道从楼下的公寓飘上来，充满了屋内的每个角落。这是俄罗斯式百无聊赖的特有气味。此时，太阳撕破云层，短暂地照亮了喀山大教堂的葱形圆顶，反射光在那个天花板印记的正中投下一块光斑。她想象着在圣像屏前祈祷的俄罗斯套娃，它们应该正屈膝于圣像前，脸庞紧贴圣伤痕，使出全身力气对着这场永无尽头的生命的狰狞可怖的虚无呐喊，以求自我安慰。它们是如此任劳任怨地背负了西伯利亚土地上用泪水浇灌的这份生存重担。塔蒂亚娜站起身，对着镜子看自己的屁股。她习惯每周禁食两天，她的饮食准则是坚决不吃土豆，也拒绝在大学校园里乘坐电梯。她有一对东正教式的臀部：高傲的葱形圆顶，紧实的线条，高高地翘起。在这个屁股上留下了大学生宿舍的回忆、各种突击、失败和惊讶的痕迹。"这就是解决办法。"她背对镜子，抬着自己的屁股心想。已经六点了，得做点什么了，必须得离开这儿。

俱乐部100在莫斯科市中心的一条小巷里，离卢边卡监狱不远。妓女和罪犯的呻吟在这个街区此起彼伏。两个一米九的俄罗斯壮汉站在门廊后的一扇木门两侧，门开了。即使在一场地下非法搏击中，这两人也会毫不逊色。他们只让两种人进：熟客和从带黑窗的越野车上走下来的人。客人们进去后，便隐没于一排排油光锃亮的涂漆阶梯后面。他们将大衣寄放在衣帽间，然后进入大厅。大厅里电子乐的猛击声穿透姑娘们的肚子。激光灯如同北极夜晚的极光，在姑娘们身上印上条纹。这些妓女手舞足蹈，或者双腿短暂地交叉，在吧台喝上一杯。俱乐部的温度调控得非常完美，让在这里交媾的人类只穿内裤也不会感到冷，穿上外套时也不会觉得热。塔蒂亚娜在俱乐部100度过了两年，要么坐在红靠垫上，要么坐在生意人身上，或者躺在哈萨克银行家的下面，又或者站着——就在俱乐部中央的脱衣舞杆那里，就在那些等着用第八杯伏特加来溶解自责残渣的申根国民主记者的面前。她用六个月的时间掌握了在旋转铁杆上头朝后仰同时双腿"一字开"的动作。之后，她还和卢蜜拉为争夺最佳舞者的宝座大吵一架。俱乐部100的常客是中亚或欧洲的商人,还有几个杜马的议员,他们有专门的隐蔽楼梯和贵宾房间。有时某个美国作家或者斯堪的纳维亚艺术家也不由得承认在大批俄罗斯姑娘流失到欧盟后,莫斯科妓院的"人才库"依然幸存了下来。

俱乐部由一个英国人经营——鲁佩特·W.,在十年间他成功摆脱了黑手党的敲诈勒索、行政部门的纠缠和民兵的恐吓。他讲一口迷人的俄语,总爱引经据典,一旦情况变得混乱就会引用陀思妥耶夫斯基的句子。他还有几个格鲁吉亚合伙人。到这儿待了两年后,他在金环修道院改宗东正教。他古俄语的圣诗调子里融入了对灵魂的致敬和信仰力量的激情澎湃。这可唬住了那些寡头政客,他们召见他,想看看有没有法子在他身上敲诈一笔。鲁佩特·W.两颊凹陷,面呈焦色,眼神机警,像加拉帕戈斯群岛的鬣蜥一样小心谨慎地、痛苦地移动,就像那些在干熔岩上的行走步伐启发了达尔文的动物。

在齐奥朗和波德莱尔的"大力援助"下,他向这些来客解释道,他的"奢侈王国"里的这些女孩是被焚烧的圣女,她们的肉体就是祷告毯。这些妓女的肚皮是用来盛装男人眼泪的容器,那些因自己的冲动而注定下地狱的男人的眼泪。他招这些女孩时有一个原则,那就是排除任何强制性。她们自己出钱进来,然后自己和顾客做生意。俱乐部只赚房间的租金和酒钱。女孩们出卖自己的下半身，而鲁佩特只是租给她们房间而已。

塔蒂亚娜很快找到了去俱乐部100的路子。托木斯克大学宿舍的一个室友去年冬天就开始在那里正式跳脱衣舞，她建议塔蒂亚娜和老板见见面。当鲁佩特和他的格鲁吉亚合伙人看到这个天生为一夜情而生的、介于乌拉尔-阿尔泰公主和莫斯科贵族之间的尤物，顺便还能讲一口流利的法语，浑身散发出一股机械般的冰冷魅力时，他们便毫不犹豫地让她开始上舞蹈课。接下来的一切进展飞速：验血，为了确认塔蒂亚娜流着无可指责的血液，长着卫生的黏膜。而这些只是第一关。

当一个法国男人指望在俱乐部100找到乐子时，塔蒂亚娜就会被推荐。顾客都是五十来岁的男人，有外交官或者商人，他们肚腩的大小不再允许他们指望无需付费就能得到漂亮的屁股。那些家伙会问她叫什么名字，有些一边喝酒一边还对她精湛的法语惊叹不已。还有些不太着急的，会打听她在哪里学的法语。但大多数时候他们根本不在乎在西伯利亚边界的某人对福楼拜的崇敬之情。到最后，他们都忘了塔蒂亚娜完全能听懂他们讲的话，那时候他们冲她大声辱骂"这下你可得受罪了，俄罗斯婊子"。在这些人重新穿上裤衩，听到这个双眼毫无生气的蓝眼睛姑娘用法语说"希望您刚刚有享受到乐趣"时，会感到些许羞耻。

塔蒂亚娜遇到阿兰是在三月末的一个晚上，那时莫斯科刚开始回暖。钟乳石般的冰凌从屋檐落下，有时能将行人劈成两半。人们在污泥中艰难跋步，车辆将黑漆漆的污水溅到行人身上，路政局服务处在融化的雪堆里再一次挖出被一夜大雪埋起来的酒鬼。阿兰在普罗旺斯生活，那一年他来莫斯科的次数更加频繁，因为要跟内政部和星城的相关权力部门谈一份合同。他的制片公司开始着手一部英国广播公司、德国电视二台和罗西亚频道合拍的有关苏联航空史诗的传奇故事。他们需要获得几千小时的视频档案使用权，俄罗斯联邦安全局刚将其解密，并正准备卖给出价最高的人。阿兰整天徘徊在铺满亚麻油毡的过道里。拥有拳击手般宽厚肩膀的商人和头发顺直的公务员把他带入各种无果的谈判和伴随一杯又一杯烈性伏特加的商谈中。一周以来，每个晚上他都来俱乐部100把白天数小时无聊得令人昏昏欲睡的时光溶解掉。有一天，有人向他介绍了塔蒂亚娜。他似乎非常乐意跟她谈论潜鸟、苏联人造卫星、母狗莱卡。他喝了苹果伏特加和越橘伏特加，和她跳舞，然后待在那儿看她好像被铬制跳舞杆刺透，到凌晨三点时突然离开，并承诺她第二天会再来。阿兰信守承诺，接下来的日子也一样。他只要求聊天，他焦躁地喝干酒杯里的酒，总是重重地把酒杯往吧台上一放，他很可能以为这是俄罗斯的传统。他让塔蒂亚娜给他讲讲托木斯克。他告诉她普罗旺斯是世界上最美的地方，圣雷米则是香料的天堂。但她对自己的家乡和在斯提尔吉瓦的一天可找不到那么多可说的，那里只有永无止境的时间。某个周五，他向她宣布自己征服了航空资料市场，并请俱乐部的所有姑娘喝一杯。那天他和她在俱乐部100的沙龙做爱，沙龙里金色的石膏女像柱支撑着土耳其-瓦格纳式的华盖。拜占庭风格也由此在鲁佩特的审美中变得黯然失色。他俩一边喝着伊奎姆酒庄的甜酒，一边在按摩浴缸里泡澡。塔蒂亚娜，一个俄罗斯女孩，竟然只喜欢温和的红酒。

第二天两人在乌克兰酒店再次见面，阿兰下来接她，因为酒店人员不会注意和客人一起上楼的人。他们在仿大理石的穹顶下享用晚餐，然后回到精工细木雕饰的电梯旁的房间。房间里陈旧的墙纸吸收了阿兰的叫声，但没有侮辱性的语言。塔蒂亚娜连自己都感到意外，居然完全没有注意在对方高潮前做的所有努力。另外，阿兰在穿好衣服后竟然依旧对她感兴趣。

塔蒂亚娜在床头柜上看到一本福楼拜的《书信集》。透过"黑猫"香烟的烟雾，她满不在乎地告诉他有关诺曼底杨树的描写分析是她大学论文里最重要的部分。他长久地看着她。一场表白是由自我说服的练习开始的。阿兰承认自己爱上了她。他留下来就是为了告诉她这个，晚餐也是为表白准备的。晚上他送给塔蒂亚娜一束她觉得很丑的花，是莫斯科花商引进的荷兰郁金香，花瓣看起来就像塑料片。他还提出带她去法国。她回答说他的决定太过草率。他对她说潜鸟的生活教会他不要让任何事情总悬而未决。他不敢承诺给她全宇宙，那会显得很没教养，因为可能让人联想到母狗莱卡。阿兰长得挺丑，多毛，而且吃得很多。他向塔蒂亚娜描述了自己在阿尔皮伊山脚下的农场，向她倾诉了自己孤独无望的生活、深夜的寂静……就是这些肺腑之言让塔蒂亚娜动了心。回到斯提尔吉瓦后，她重新照了照镜子，然后决定说"我愿意"。手续方面塔蒂亚娜担心无法获得签证，不过阿兰认识大使，结婚能解决一切。在塔蒂亚娜收到婚纱之前就收到了法国的居留证。阿兰经常往返于巴黎和伦敦。塔蒂亚娜很自由，她拥有整个普罗旺斯。他周末回家，然后带她四处旅行。他和她一起逛圣雷米的市场。在巴黎，阿兰搂着她，很享受朋友们看她的眼神。这些完全没有悲剧意识的社会民主派小资都把她看作"俄罗斯妓女"，可她比他们中的任何人读的书都多、经历更丰富、奋斗更艰辛。

　　白日光芒四射，地中海强烈的阳光像榔头一样敲打着地面，熔化了所有希望。太阳的光线使虚无主义成为先知的力量，它熄灭了加缪所有的欢愉，压垮了所有坐在海堤上的阿尔及利亚年轻人。这些阳光两年以来一直压制着塔蒂亚娜。一离开俄罗斯，她就和阿兰在圣雷米的某棵悬铃木树下定了居。她躺在客厅的皮沙发上，抬起眼皮，看着她的梦宝星手表指针将表盘刚好垂直划成两半——中午十二点三十分。她按下百叶窗的控制钮，金属窗片缓缓垂下，遮住了烧得发白的阿尔皮伊山。泳池的蓝色反射光不再在铺着麂皮的天花板上跳舞。此时，前夜喝掉的波尔多红酒对脑袋的作用就像直接用头撞碎酒瓶一样痛苦。即便是一九七五年的克拉米伦酒庄的丹宁也徒劳，酒精依然肆意摧残着她。下午五点，塔蒂亚娜起身去泡了一杯达曼兄弟阿萨姆红茶，在阴凉处小心翼翼地喝了一口。随后，在卡雷拉大理石浴缸里放上水，有气无力地穿过温热水面噼啪轻响的香草味泡沫，静静地等待镰刀砍伐般的头痛慢慢减缓。

前夜，她重新粉刷了她和阿兰的房间，用的是珐柏涂料的鼹鼠灰。然后在窗外群山的粉色石灰岩面前，她为这新的颜色喝酒庆祝了一番。两瓶酒过后，太阳落到了山脊背后，她彻底崩溃了。自从在圣雷米定了居，她成天都对着这扇窗。阿尔皮伊群山推起的白浪阻挡了整个世界。山脚下，广袤的耕地平原就像薰衣草色的地毯。阿兰带她去过圣波姆、圣维克多、冯杜山。每次总是同样的地壳运动结果，同样的天空中也总是石柱林立。普罗旺斯是个竖满无用"城墙"的地方，各种地质形态在四处遗留下历史演变的痕迹。

塔蒂亚娜的生活游移在这扇窗、浴室和厨房之间。在厨房，她往黑曜岩面板上极新鲜的超薄生牛肉片撒着帕尔马干酪。在塔蒂亚娜阴晴不定的天空里，阿兰的出现总是昙花一现。他拿着鲜花，对她关心备至，然后在"一定会更常回家"的承诺话音未落前再次离开。偶尔她和园丁、快递员或者自称为"室内建筑师"的设计师们的谈话能打破这里冰冷的寂静。他们都是些滔滔不绝、乐于效劳但极不诚恳的人。他们说话时比画着手势，这让她感到恶心，因为她觉察到他们的关切中夹杂着非分之想。俄罗斯姑娘都知道法国人不喜欢俄罗斯人，他们把她这种斯拉夫女人看作唯利是图的母狼，把斯拉夫男人都看作庄稼汉、粗人。为了说服自己，塔蒂亚娜只得打开客厅里的等离子电视屏幕，听听那些新闻频道都倒出些什么有关祖国的信息。电视上那些二十来岁的女孩，生在天堂，青少年时期则穿梭于巴黎政治学院和托斯卡纳之间。她们吞吞吐吐地讲着克里姆林宫的政治暴力、苏俄系统遗留的滞缓以及一半亚洲血统的总督们对民主的蔑视，讲着这些老生常谈，却没有一个人质疑继承政权的后苏俄这艘巨轮的破败。这个拥有十二个时区的庞大国家被近一个世纪的荒唐血洗，可不能像欧洲巴洛克时期诞生的银行公国[①]那样治理。

塔蒂亚娜到法国之初，热衷于法国外省的各种节庆活动：拉科斯特的巴洛克日、拉罗克当泰龙的钢琴演奏会、奥朗日的歌剧节还有托罗奈的音乐之夜，但慢慢地，她开始对这种文化幻想、对美的

---

① 指卢森堡公国。

虚假渴望感到厌倦，于是她只得疯狂逛商店——马赛、尼姆、阿维尼翁……她越来越频繁地购买新手提包。她的生活很快由买橱窗后的商品和在镜子前试它们这两件事组成。不过她的衣橱很快爆满，那种不清楚自己到底拥有多少东西的特殊兴奋感也迅速减弱。于是她又回到了那扇玻璃窗前，再次凝望阿尔皮伊山。这块巨型单纯岩石和拉克罗的风景都吸引了她的目光。第一年过去了，然后是第二年，唯一提供消遣的是太阳在石灰岩幕上印出浓淡深浅的渐变色谱。她会时不时地心血来潮，摆弄屋里的一条线脚或者某个墙面的装饰。然后一切就又恢复秩序，也就是回到静止。那些阿兰调校的法国督政府时期可笑的古董挂钟指针是唯一还在努力穿越时间的东西。

塔蒂亚娜从浴缸里醒来，泡沫都化了，只在温水中留下一圈圈光波。阿兰周五晚上才回来，整周的虚空将被他毫无意义的出现打破两日。届时塔蒂亚娜又得张开双腿迎接他软塌塌的命根子，忍受他的激情，接受他焦灼的深情，直到感到恶心。她叹了口气，头枕在浴缸边沿，盯着天花板。她第一次发现大理石纹垂直下来直达浴缸，并且形成了一个和地板结一样的斑块。那个深色的卵状块和她在斯提尔吉瓦公寓天花板上的那个印记一模一样。塔蒂亚娜突然感到一阵恐慌：她漂浮在芬芳的浴缸里，却意识到自己正在经受两年前曾在西伯利亚斯提尔吉瓦折磨过她的几乎完全相同的百无聊赖。一阵思乡之情涌上心头。

战　斗

今天依然如此,虽然苏俄时代就已如此:
包括那些简朴的人,在他们的书架玻璃后藏书中,
并不难找到一些小摆设、家庭照片或者一尊拿破仑小雕像,
而更常见的是一尊列宁的半身像。

——让-路易·古罗

《俄罗斯、马、人和圣人》

"叫他滚。"

"那么,殿下……"

"科兰库尔?"

"陛下?"

"再加上一句:我会用他的睾丸做烤串。"

"好的,陛下。"

"另外,科兰库尔……"

"是的,殿下?"

"我还会到他母亲的菜园里去挖洋葱。"

帕维尔·索尔达托夫头戴那顶双角帽显得格外英姿飒爽。每年九月,他都在历史战役广场领衔重现博罗季诺战役的纪念仪式。就是在这里,一八一二年夏末,在点缀着矮树丛的平原上,大军团击溃了沙皇的军队,拿破仑开始发表讲话:"战士们,你们在莫斯科的城墙下战斗。"事实是,莫斯科在朝东一百公里之外的地方。法国皇帝再一次夸大其词。最后的战果令人震惊,十五个小时内七万具尸体在泥地上堆积如山:波兰人、法国人、普鲁士人、俄国人、英国人交错着躺在泥坑里。奇怪的是俄国人并不记恨这个科西嘉侵略者。近两百年后的二十一世纪初,他们依然疯狂崇拜拿破仑。或许他们把他看做沙皇的敌人、对社会不公的猛烈攻击者、革命的继承者?又或是他们在大军团身上看到了苏联红军的某种预兆?俄罗斯人忍受了亚洲总督们几个世纪的奴役,只要奴隶主表现出配得上俄罗斯宿命论的坚定不移,他们就可以接受被粗暴对待。

"陛下?"

"科兰库尔?"

"卡尔波夫又跟我说只给您十分钟离开这里,如果过了这个时间,他就派出保安队了。"

"告诉这个猪头,我只跟我的同级说话,也就是普京总统。"

"但是陛下,他说我们没有任何胜算,他们有两百多人,就在对面……"

"看来他是不知道我们的灵魂是用什么样的钢铁锻造的。"

帕维尔拽了拽种马的笼头,让马转过身,直立着踩在马镫上,看看后方的队伍说道:

"一八一二年的战士们,国家在看着你们,自由会获得胜利,就像在所有你们用鲜血浇灌的土地上那样大获全胜。你们见过金字塔在尼罗河沿岸的炙热中颤动,很快也能欣赏到克里姆林宫的奇珍异宝了。莫斯科用它邪恶卑鄙的势力与我们对抗,但我们将为了法国之荣、自由之爱和我们英勇战士的回忆战胜他们!"

帕维尔·索尔达托夫率领着一支千人队伍。"拿破仑战役重现协会"在全国各省的俄罗斯联盟军中募兵,其中一位成员——一位中士,甚至从离莫斯科一万公里的库页岛来。所有这些人都把历史看做一系列画作、一幅了不起的透景画,人民是群众演员,而暴君们则是导演。他们都崇拜那位法国皇帝,并且将一八一二年看做比一九一七年更举足轻重的一年。水管工、长途汽车司机、大学教授、音乐家、农夫、杂货铺老板都贡献出自己宝贵的休息时间,擦亮亲手缝制的第一帝国制服。每个周末,他们为了修复自己错乱的年代感,穿上华服或者战服,聚集在毗邻博罗季诺村庄第二大猪油厂的一大片空地上。无论冬夏,炎热或飘雪,他们在这里排列整齐，为了最纯粹的法国传统，为了全年最大的阅兵式反复操练。帕维尔——前红军将军，曾在戈壁服役，也曾被派到高加索地区和北极冰海地带执行任务。退役后他被选为该协会的主席，责任重如泰山，但将他看做法国皇帝的化身这件事大大补偿了这项任务带来的重负。帕维尔极其重视自己的角色，他读了所有俄语的相关资料，仔细研究了拿破仑的所有姿势，学习了他最出色的名言警句，并数小时地盯着这位科西嘉反基督者的各种画像，为了能学会他的一招一式、一颦一笑。一缕划开额头的刘海、在过紧的服饰下他试图掩盖的肥圆体态、苍白的面容和迷乱的眼神，都向协会成员们证明了他们的"老大"的专业意识已经到了生物拟态的程度。还有流言说，帕维尔逼他妻子阿娜斯塔西娅在做爱时叫他"殿下"。他在家时也从不脱掉双角帽，哪怕在浴缸里。某个下午，有人看到在博罗季诺的库图佐夫大街自家的阳台上，他穿着整套拿破仑的服装。

三周前，在协会办公室里帕维尔收到了博罗季诺镇长叶甫根尼·卡尔波夫的一封信。信中宣称要禁止这场现场模拟活动，并且是不加任何解释的一个"不"，是卡尔波夫亲笔签名的信。这个靠肥料生意发家致富的肥胖市政官员可不在乎什么法国荣耀。他一百公斤重，开着悍马越野，去泰国度假，包养女大学生，给他老婆买迪奥连衣裙，梦想着在莫斯科路上的乡间别墅浴室里给自己安上按摩浴缸。

卡尔波夫和这个老疯子索尔达托夫一直以来都保持着诚挚的礼貌关系。他对这个集中了上千个戴着筒状军帽的疯子队伍一年一次在他的市政草坪上聚集的事毫无兴趣，毕竟这对他也没有坏处：国家媒体会报道这些庆祝活动，欧洲记者也争相采访这场表演。而他呢，每次都能成功地溜到官方合影的第一排。另外，市长先生还能从那些黎明时分就开始在战斗广场周围迅速搭起摊子卖烤串的高加索小贩的收入中征税。

然后就得说说阿娜斯塔西娅——索尔达托夫将军的妻子，她从改革末期就在卡尔波夫领导下的博罗季诺镇政府社会事务处工作。由于丈夫的忽视和冷漠，加上她对工作的执着，最终促成阿娜斯塔西娅接受了卡尔波夫的勾引。她已厌倦了跟一个戴着双角帽、高潮时喊着"约瑟芬！"的家伙一年只做两次爱。于是她将自己丰满的双乳和前国家体操冠军的美臀献给了镇长先生。他俩在两个会议的间隙去镇政府的档案室会面。在那儿她会卷起短裙，张大着嘴。他让她做些不可思议的事情，可她从不拒绝。他送给她一些穿刺环，她就把它们钉到肚脐周围的赘肉上。在阿娜斯塔西娅的内心深处，比起丈夫在床上各种中规中矩的要求和军事命令，以及一年就几次的兴奋的喘气声，她更喜欢这个情人在性事上的放荡不羁。帕维尔一定是被奥斯特利茨的阳光刺瞎了双眼，居然没发现妻子戴的耳坠不是他送的。

但这一年，事态突然僵持住了。临近大选，卡尔波夫作为普京阵营的成员为统俄党做宣传。而索尔达托夫呢，则入戏太深，向各大报纸倾吐衷肠，大肆批评现镇政府班子，宣称"历史本该受到启发让法国人在一八一二年胜利，这样就能让俄罗斯免于这些新暴发户的践踏"。

于是卡尔波夫翻脸了——不再允许举办皇家阅兵式活动，拿破仑的坚决拥护者们得自己另找游戏地盘。他禁止了该活动。

当帕维尔得知卡尔波夫的这一决定时，他不动声色地折起那页抬头信纸，然后甩出一句："我会扔给他一万颗炸弹，让他去雅库特上吊。我们继续我们的盛典，历史自会判断是非。"

九月七日那天，一千名皇家士兵，龙骑兵、枪骑兵、近卫队老兵、骑兵、炮兵、波兰持矛骑兵和头裹缠巾的北非骑兵一动不动、鸦雀无声，军刀出鞘，枪膛上满空弹，军靴锃亮，头盔闪闪发光。他们排列整齐，在博罗季诺的阳光下，在大广场的正中，在帕维尔·索尔达托夫——他们的将军、总统、皇帝的身后铺展开来。而他们的对面是镇长专门从莫斯科紧急调遣来的两百名防暴队士兵。卡尔波夫预感到索尔达托夫不会轻易屈服，所以给莫斯科的俄罗斯联邦安全局打了电话。安全局高层非常乐意惩罚一下这位言论过度自由的将军，于是欣然同意了镇长的恳求。一个防暴连被调派出一日，这就是在全俄罗斯都臭名昭著的奥摩防暴队（OMON），只需提起这几个字母就能成功驱散示威游行。此时此刻，成百上千的路人有的袒着肚子，有的穿着大花短裤，站在战斗广场两侧，要么陷在稻草堆里，要么躺在长椅上。人们喝着用巨大的塑料桶装的啤酒，半导体收音机时不时从各处吐出流行歌的调子。小孩子大声嚷嚷，狗相互乱嗅一通，女孩子们不停地摆弄手机。空气中飘浮着一股烤羊肉的味道。

卡尔波夫坐在镇政府办公室，咬着大拇指的指甲盖，犹豫是否下指令。之前商定好奥摩防暴队没有他的命令就不能行动。奥摩的队长等着镇长的电话指令发动进攻。两百名防暴队员急得跺脚，迫不及待要击溃这支插满羽毛、花枝招展的队伍。那些戴着头盔、穿着军靴和防暴连体制服、手握电棒的防暴队员兴致勃勃地憧憬着给这些嘉年华士兵和他们该死的双角帽老大致命一击。两天前的夜晚，在莫斯科普希金广场，他们刚驱散了国家布尔什维克分裂分子的一次游行，那些人可比这些戴着假发，操着旧火枪、假步枪、上空炮的大炮和木头军刀的小丑凶悍多了。

两支队伍面对面，相距四百米。此时正午，观众等了太久，开始不耐烦了。父母们开始怀疑是不是白来了一趟。不时有穿着水手衫的一家之主，手握一罐啤酒，从塑料椅子上站起来大吼一声：

"干掉他们！"可也没说这句助威是给哪一队的。

卡尔波夫刚刚和伊戈尔通了话，就是那伙该死的、微不足道的精神错乱者之一，那位将军的副官，所有协会成员都叫他"科兰库尔"。镇长挂掉电话，咆哮如雷。

"所以呢？"负责安全的镇长第二助理瓦洛迪亚·萨夫罗金尼问他。

"所以，这个'民间游乐会'的主持人在他骨瘦如柴的劣马上辱骂了我，叫我猪头，还说想直接和普京通话！"

"他不想退后？"

"不，他开始让这些人进入战斗状态。现在外面三十八度，一丝风都没有。他已经彻底疯了！不是有专门的地方让这些戴双角帽的人溜达吗？！我们早就该了结了他。"

"请发动奥摩，镇长先生。"

"那将会是一场屠杀。"

"您没有选择，镇长先生。您的选民可不会原谅这样的软弱。"

"是的，萨夫罗金尼，您是对的，算了，一切都是我的错。"

广场上，奥摩防暴队看到索尔达托夫的人开始操练，于是扣下面罩，拔去催泪弹的销子。奥摩军团的防暴装甲车将水炮对准了皇家军队。

"士兵们！跟随你们的皇帝！向敌人冲啊！帝国万岁！"

观众群中掀起一阵喧哗,满意的啧啧声荡漾开来,人们终于如愿以偿。索尔达托夫的千人士兵朝着防暴队出发了。他们步步逼近,踩踏着博罗季诺可怜的草坪,沮丧的草坪曾被真正的鲜血浸染,被无数真正的军队弄得疲惫不堪。那些装甲车在当年拿破仑进攻未遂后已经默默耕耘了一百三十年。而在对面,防暴连在他们的警棍后面泰然自若,一动不动地静候指令。这些脚履蓝白红三色的"精锐部队"士兵:戴着手套、腰配马刀扁皮带的骑兵,头插翎毛的军乐副官,罩着铜头盔的龙骑兵,顶着波兰式军帽的枪骑兵,佩戴镂空襟饰的举旗手,以及身披红色盘花纽短上衣、镶嵌涤子的毛皮大衣、身着五颜六色、乱七八糟的各式长裤的骑兵军官们,这支走路叮当响,浑身遍着绫罗绸缎、琳琅羽饰,手举金边小旗的队伍,这股扬起滚滚尘土的人潮,这群由曾在苏联国防部获得过殊荣的索尔达托夫领导的珠翠罗绮、盛装登场的梦想家们,用鞋底锻打着历经沧桑的著名战场。渐渐地,这支刚才被奥摩防暴队大肆嘲笑的军队竟然如此气势如虹,而现在哪怕奥摩最有经验的、经过千锤百炼的士兵都不得不对它肃然起敬。他们非常后悔要和这群天真烂漫的同胞对峙,这群人跟被北约收买的反普京的莫斯科小流氓可完全不是一类人。

镇长正要下指令,他的手机忽然响了。

"卡尔波夫,是阿娜斯塔西娅。"

"你打得不是时候,亲爱的,我正在试着劝导你那个脑子有问题的老公。"

"我知道,我现在就在广场草坪上。我看到了奥摩防暴队,他们已经拿出榴弹发射器,就是一群罗威纳犬,他们准备好上膛了。"

"我知道,他们在等我下命令。"

"你知道吗,如果你敢碰帕维尔一根头发,我们之间就彻底完蛋。"

"可是,我亲爱的,美人……明天……"

"没有'我亲爱的',没有'美人'……你立刻收回你的那些看门狗,否则就没有明天!永远不会有。你可以跟我的屁股永别了。"

卡尔波夫的助手就在一旁,这让他万分尴尬。他屈下身对着电话,手遮着嘴悄声说:

"亲爱的……我现在讲话不方便……"

"什么都没了,你听到了吗?我不会再把你当胆小鬼一样欺负,我也不会再打你的屁股,不再借给你我的文胸,你也不会再被踢,我也不再命令你爬着走,再也没有耳光、马鞭、唾沫……统统都没了!"

"阿娜斯塔西娅?阿娜斯塔西娅?喂……"

索尔达托夫将军的妻子挂了电话。在博罗季诺的广场上,前几排"精锐士兵"离奥摩防暴队已经不到两百米了。突然,防暴队队长把手放到耳麦上，片刻犹豫后，他下令收兵。于是摆好完美队形的两百名防暴队员退回原位。此时，胜利后恣意的欢呼在索尔达托夫的队伍中响起。这些精锐部队的士兵加快脚步，帕维尔快马加鞭，轻骑兵、龙骑兵和步枪兵紧随其后。群众的尖叫声和欢呼声笼罩了骑兵队伍。拿破仑的军队士气大振，全速挺进。士兵们奔跑起来，骑兵们马不停蹄，陶醉于历史回忆中的索尔达托夫在队伍最前面。防暴队刚跳上装甲车，门还没关就赶紧开动起来。而索尔达托夫呢，他把将军刀举过双角帽，白鼠鼬披风让他此时更显威严。只见他举起左手，示意让自己的队伍停下来，大喊一声："胜利！"随即数千名战士齐声应和。这时，索尔达托夫在人群中看到了妻子，他扬鞭策马奔向她，满心自豪，确定阿娜斯塔西娅爱自己爱到昏厥，就像玛丽·露易丝收到皇帝寄给她的宣布占领莫斯科的短笺时那样。

电　线

> 一战开始后我的家乡通了电,
> 起初还有阵阵轻声细语,
> 紧随其后的却是无声的忧伤。
>
> ——齐奥朗,《生之缺憾》

"埃米尔?"

"皮奥特?"

"我们认识多久了?"

"十二年。"

"你能解释一下为什么我到现在还信任你吗?"

"你得保存体力,我的老伙计。听听大雪纷扬的簌簌之声,把自己融入西伯利亚夜晚的唯美之中,它是我们的女皇,它包裹着我们。它的呼吸……"

"埃米尔?"

"怎么了？"

"你丫闭嘴。"

夜晚，一切都显得愈加缓慢，没有任何风景可以解闷。没有坐标，步行就显得越发吃力，根本不可能将路程分成几段逐步完成，这让最勇敢的人也望洋兴叹。有光亮的时候，步行者会先确定一些目标，然后喝几口苦酒，弓着身子向前走，等到达一个目标后再确定下一个目标，然后重复同样的程序，直到到达临时歇脚地。但在黑暗里，人是在盲目地瞎逛。夜里，这片红树林吸走了人的意志。在这里行走必须得有绝对充分的理由：要么正在被警察追捕，要么为了一次浪漫的约会，又或者是具有陀思妥耶夫斯基式疯子的内心世界，就像修道院长者和疯狂的基督徒在黑暗中长途跋涉一样，既为了折磨双脚，也为了向灵魂致敬。如果我们没有可沉浸其中的思想，那么在群星下行走便是一场无尽的苦难。

皮奥特非常讨厌这次远征，他一直拖拖拉拉，落在一切事物的后面——在埃米尔的后面，在雪地里的脚印后面，也在他的照明灯束的后面。几小时以来他的视野里就只有树干，白色的是白桦，黑色的是雪松。

"你确定方向吗，埃米尔？"

"闭嘴，皮奥特。"

"谢谢你，这就让我放心了。"

他们应该走了三个小时。皮奥特不敢看表，因为看表需要停下脚步，取下风雪帽，卷起外套袖子，撩起几层羊毛衫……简言之，这一连串的操作太令人厌烦了，所以他宁愿脱离时间。雪很深，每拔一次脚都非常费劲。起初，他们开了两小时的车，到目的地后把小卡车停在离村子一百公里的人行道边，接着就穿上雪靴朝南走了。埃米尔用他侄子的脑袋发誓，他们只需要走八公里。他用前年在圣彼得堡买的美国 GPS 导航，可皮奥特并不相信这些靠北约卫星定位的塑料盒子。一个肥皂盒大小的玩意儿，怎么可能通过接收太空信息在这被世界遗忘的泰加森林里精准定位呢？

"埃米尔？"

"什么？皮奥特。"

"还有多长时间？"

"两公里。"埃米尔说。

"好吧，但是要多久？"

"这取决于你是否闭嘴。"

"出发前我们就不该喝酒。"

"是你想喝的。"

"是啊，我渴了。"

"还有五百米，我给你生火好吗？"

"好的。"

他们喘着粗气吃力地走了半小时。在一片被北风扫走积雪的空地上，埃米尔忽然扔下包，嚷着要休息。

"我的老伙计，还剩一公里半，咱就到了。"

"你发誓？"

"我对着受尽万般痛苦的圣母的眼泪发誓。"

"蠢货，你什么都不相信。"

"我相信痛苦。"

皮奥特瘫倒在背包上，埃米尔开始忙前忙后，拾捡干树枝、铲雪、摆放木柴、往柴火撒上半升军用水壶里的酒、点火。他早已过了规规矩矩生火的年龄，埃米尔打开一瓶伏特加，从宽大的大衣内袋掏出一根猪肉香肠，用匕首切成厚片，匕首敲打在他左大腿的根部，刀刃上写着一个高加索城市的名字，这个城市以屠夫闻名。这两个男人是在第二次车臣战争中相识的。战争爆发时，俄罗斯人保持着在解决高加索问题上贯彻始终的"文雅姿态"。他俩都在高山队伍中服兵役，并参加了二〇〇一年十二月在格罗兹尼地区的一次极为暴力的突袭，从此两人再未分开。那天皮奥特正在一堆瓦砾背后往后撤。当RPG-7火箭弹坠落时，他从地道中被弹了出来，裤子掉到了脚踝，在空地上摔破了头。当时他就在人行道没受掩蔽的那边，离沙袋五六米的样子，他的战友们试着掩护他，用一分钟能打二百五十发子弹的AA12霰弹枪（那个时期常使用的一种武器，用来在车臣内部传播西方文明)扫射敌人。当时如果没有埃米尔趁机跳过去拎起他的领子,他就会被那些使用德拉古诺夫狙击步枪比刀还熟练的叛乱分子撕碎屁股。那天晚上,在带沥青味的黄褐色帐篷下,上尉给皮奥特讲了西班牙内战期间乔治·奥威尔放弃朝一个从茅房坑里赶出来的西班牙法西斯分子开枪的故事。这个英国人声称一个提着裤子跑的法西斯分子首先是一个"人"。这则轶闻并未说服皮奥特,对他而言这可不能与高加索冲突相提并论。那个英国作家可比试图将伊斯兰教法强加于厄尔布鲁士山另一边的大胡子野蛮人更文明。

此时火烧得很旺,火光将白桦涂成金色,和教堂长蜡烛的颜色一模一样。

"你看,皮奥特,对我们而言,今晚文明就是火的光晕,在那以外便是黑夜、危险和野兽。"

"夜晚是车臣的屁股。"

"我们为了什么喝酒呢?"埃米尔说。

"为了这柴火。"皮奥特说。

"它最终会熄灭。"埃米尔说。

"到时候我们就走。"皮奥特说。

他俩像西伯利亚人或古希腊人那样朝地上洒了几滴酒,然后一饮而尽。皮奥特再一次斟满他们的酒杯。

"看看你的影子，老伙计！这就是我们来这儿的原因。快看，你的影子在跳舞，天哪！还有矮林里我们的侧影，就是这样的！我告诉你，当时完全就是这样，简直就是肉体和影子的魔法，一场乌墨和金色蜂蜜的华尔兹。"

埃米尔似乎有些心神不定，眼神亢奋。他和十九世纪的天主教圣女一样用心醉神迷、晕厥和神魂颠倒来描述本可用很多淫荡的词汇来形容的某种感觉。

"我看到了她……"埃米尔继续说着，"再次看到了木墙上斯维塔的影子。我当时感觉就像在和一个影子做爱。你和影子做过爱吗？我的老伙计。"

两周前在帕提桑——埃米尔和皮奥特所在的小村庄整整四十八小时都漆黑一片。他俩在村里的一号锯木厂工作。一百五十公里以外，就在将电流输送到帕提桑的那根电线诞生不久，一次电路短路烧着了里奇卡的一个变压器盒。电力公司雇员用了整整两天来修复。因为停电，村民们只得重拾往日旧时光。他们翻出煤油灯，重新点燃烧柴烘箱。物质条件的后退从不会让俄罗斯人惊慌失措。在这个国家就算所有输油管都停止喷发石油，人们也将毫不费劲地重新开始十九世纪的生活方式。在停电的那两夜，各个小屋的玻璃窗后烛光摇曳。黑暗中的小村庄各处点缀着金色小方块，看起来就像一幅漆画。人们非常适应这些故障时刻，反正公共电力也是不久前刚来到这些边境区域的,就在普京再次大力开发北极圈区域自然资源的那一年。

埃米尔依旧滔滔不绝。皮奥特比刚坐下来时更耐心地听他讲。皮奥特背靠树桩,坐在背包上,烤着火,被酒精弄得昏昏沉沉。他和那些坐得很舒服的人一样有礼貌。

"斯维塔和我从未像那两夜一样做爱。晚上我们点燃了桌上的蜡烛和一盏我祖父留下的老防风灯,就在受难圣母像前。斯维塔呢,那晚她幻化成了一条蛇,高挺胸脯,看着自己摇摇晃晃的柔软屁股被烛光投射到圆木墙上的轮廓。墙上、屋顶和门上的影子的颤动让她兴奋不已,活像萨摩耶人的雪橇犬。她变成了一个影子,一个脱离肉体的影子,它试图逃脱肉体,在痛苦中扭曲,请求赐予它自由。影子颤动着,慢慢变得温顺。那简直就是一簇黑色的活火焰,我告诉你!微光让她的皮肤焕发生机,她简直明艳照人!我的老伙计!她比阳光透过云层洒到冰冻的湖面还闪耀。啊,她的皮肤……我从未见过那样的皮肤。人们真该只在蜡烛或风煤的微光中看女人。我们的祖先在被油灯芯照亮的帐篷里做爱肯定比咱们现在更享受。还有她的肚子!皮奥特!她的肚子啊!简直就是火焰勾勒出的一张祈祷毯,微光精雕细刻出的艺术品,就像地平线上太阳照射下的白雪——每个颗粒都被照得透亮!曾经有一天我和一些共青团员去了圣彼得堡的艾尔米塔什博物馆,在那儿我看到了那个可怜的梅毒患者——高更是怎么画他那些塔希堤女人的：一些胖嘟嘟、湿答答的姑娘，四肢张开，躺卧在大船上。她们像海洋生物一样生机蓬勃，满身附着着精子和海盐。斯维塔当晚就有那样的皮肤，是那种啤酒、黄油、融化的太妃糖的颜色。皮肤表面星星点点，像极了红点鲑鱼的肚皮。你听到了吗，妈的，皮奥特！这样的质感只有法国画家的画笔或者烛光才能描绘出来。我是在和一个女画像做爱，我的朋友！我发现了另一个斯维塔，还有她私处流淌出的长长的细丝。她的大腿内侧布满大理石纹般的蛋白状长痕，在火光下银光闪闪。就连她肚皮上的绒毛也被微微照亮，变成粉色，这让我想到了零星火星点燃的旧麻火线。当时的我心潮澎湃、不能自已。我盯着她的双眼，光没有点燃的瞳孔是两道可怕的、被一道暗光刺伤的黑缝，这两道半亚洲人的深不可测的缝在微光下显得十分温驯。她到高潮时闭上了双眼，我顿感一阵风吹过千根蜡烛。"

"妈的，埃米尔，你让我都开始兴奋了。走了走了。"皮奥特说。

他站起身踩灭柴火，放好酒瓶和斧头。两人离开空地朝森林边缘走。他们缄默地前行了几分钟，因为得慢慢地从麻木的状态抽离出来，并与呼唤他们回到火炭旁的直觉作斗争。此时他俩得再次陷入卑鄙的夜晚，让身体再次习惯行走的机械运动，让热气散布全身。他们朝前走着，身前都吐着一团热气。

"埃米尔,那我俩究竟干吗来了?你俩为啥不干脆待在屋里继续冰屋、海豹油灯的性幻想呢。"

"不一样了,我的老伙计。后来他们恢复了电力,之后就又听得到邻居的广播声了。还有家对面那该死的广告牌,那些电器的小夜灯闪个不停。还有斯维塔,她可抵抗不住电视的诱惑,一直看到晚上十一点。对她来说,蜡烛只是用来应急的。我呢,就在床上边等边看书,之后我俩就在诊所那种白色氖灯光中做了爱。我找回了我的老婆,却丢失了那只母蝾螈。"

他们突然到了一条三十米宽的土沟前,中间拉着一条电线。埃米尔让朋友在树林边缘坐在背包上等着,他则在土沟边东张西望了半天,然后走回来大声宣布:"我找到了一棵三十米高的雪松,应该能行。"

只见他发动了电动切割机,用了整整二十分钟砍掉了那棵树。最后,雪松晃动了几秒,在一声脊椎断裂般的声响中倒在了那根电线上。一连串的火花迸裂后,电线挣脱了附着的支撑点,随后五根电桩互相猛烈撞击后全部倒下了。

"这下好啦,我的老伙计。在他们找到这地方、修复故障前,我们至少有四五天的时间。快!快!咱们赶紧回去!"

皮奥特整了整肩上的背包,雪鞋放回来时的脚印,叹了口气:

"走吧,老色狼,走吧,别让斯维塔等太久。"

尊　重

"去吧，"他说，"我请你们喝一杯。所有人！"

——阿拉贡，《圣周》

在某一刻，我实在无法再忍受，于是我开口说：

"请听我说说，伙计们。我有点事情跟你们讲。雄一郎·M是个百分百纯粹的日本人，一位智者，一位大师。他热爱武士道、四国岛和登山。他也一定爱读三岛由纪夫和李白，但这点无人提及。我在第戎车站月台第一次与他相遇时，他八十八岁，长长的白发为那张幕府将军武士般的脸镶上银框。三十年前，他受某冬季运动场的邀请来到法国，讲述攀登珠穆朗玛峰的经历。当时还播放了他的短片，人们看着他在山顶缓慢地挪着脚步。他踏着滑雪板，人们明白那时他得在山的南面加紧步伐。大家想象一下高两千米的岩石和冰坡纵横的峭壁。单单想到要去那样的陡坡滑雪就已经够疯狂了。雄一郎毫不犹豫，从陡坡上高速直线俯冲而下。人们听到一声尖叫,是喊的'万岁'吗?那个日本人突然打开跳伞开关,彩色伞衣在他身后展开,但这并未使他减速。接下来的两分钟非常艰难,这位滑雪者拖着这朵巨大的布艺花在岩石间接连被弹起,最终不可避免地来了个大前仆,险些落入山崖。最初他还勉强可以站在滑雪板上,但很快他就倾向一侧,然后朝后倒下,脚在前。他的滑雪板掉了,人们在影片画面的右角看到滑雪板旋转着掉下山崖。他的跳伞一路刮着山坡上的雪,而雄一郎用一个可怜的手势试图抓住伞绳。他是在想将自己挂在那可笑的破布上吗?他跳过一排岩石,翻过身,头紧挨陡坡,继续往下滑。破布末端的雄一郎简直就像大山手中玩耍的脱线木偶。接下来,山坡停止了,滚动也能停止了。最后,后援团找到他时本以为肯定是来收尸的。雄一郎说了一句赫拉克利特式的话:'我成功了吗?失败了吗?不过这又有什么所谓呢?'片子获得了很大的成功,人们把雄一郎看作现代武士,他将这次滑稽的行动献给了绝美的珠穆朗玛峰——它被尼泊尔人称为'萨迦玛塔',意为'世界母神'。

"三十年后他再次来到法国,是受第戎一个展映旅行类电影的协会邀请。已经八十八岁高龄的他刚刚完成了珠穆朗玛峰的登顶,成为年纪最大的珠峰征服者。我们当时有三四个人在车站月台上等他。下车时他穿着一件连帽滑雪外套和一双滑雪后穿的软靴,那一刻让人感觉很不真实。他站在月台上,带着一副怀疑的表情观察着车站周围。他左看看右看看，始终一个字也不说。他没有注意邀请函的细节，还以为要回到三十年前的老地方——滑雪场。他之所以惊讶是因为看不到山……后来，他介绍了自己的新片，所有人都很高兴。他再一次征服了珠穆朗玛峰，因为年龄的关系，这次更加艰难，毕竟他的年龄相当于四分之三个世纪了。整个攀登过程中，他和五十多岁的儿子用绳子系在一起。最后一幕是他俩同时站在珠峰的山脊上。那时他们已经过数日的艰难跋涉，最终走到山巅。在此之前，走在前面的儿子在暴风雪中搭帐篷，在厚厚的积雪中踩出脚印开辟道路。终于到了海拔八千八百米的地方，只见儿子忽然侧身站到了一旁，稍弯腰，请父亲走到前面，让父亲成为第一个登顶的人。

"另外，还有勒普朗，差不多也是我在同一时期碰到的。卢瓦克·勒普朗是国际知名运动员。他能屏气整整四分钟潜到水下一百七十七米的地方！他潜水时会在一条绳索上系一块压载铁，将他往深处拽，等到了极限，他就开启一种气球装置将自己拉回水面。勒普朗全年都在尼斯海港训练，他住在老城区的一间公寓里。有时他会拖着瘦削的身影出现在灌木丛生的石灰质荒地里，在那儿的绿橡树树荫下练习瑜伽，有时会到圣雅内陡峭小山的石灰质平板上练习。和某些常常远行的水手或者被喜马拉雅的阳光过度曝晒、连三个词都挤不出来的登山者不同，勒普朗非常懂得如何讲述自己侵入海沟的冒险经历。在加里波第广场小餐厅的桌前，他向他的朋友们或者面对讲座的听众从容不迫地展现他的潜水艺术——那是融和艺术表演、强健体能和神秘经验的艺术。之所以称为'艺术'，是因为在深蓝夜色中潜水蹼的起伏波动是多么完美的动作啊。'体能'，是因为从未有人不带任何装备在生命允许的范围内到达如此遥远的地方。'神秘'则是因为在如此浩瀚的水域深处，人类展现了自己在天地混沌之中的自我溶解。卢瓦克将自由潜描述为将身体从重力和所有烦忧中解放出来的活动。潜水会在大海这个母体中将'身份'稀释掉。他讲述了那些神秘的时刻：'时间通过授予自由潜三至四分钟痛苦的永恒而膨胀。'他喜欢想起人类本就是一团液体，自由潜是在原始水域中的细胞重组，是重回自己的发源地，也是回溯到远古的旅程。勒普朗极力称颂盐的味道，他认为人类的眼泪保留着盐味记忆的印记。他将进入黑水中的那份享受比喻成一个抛射体投入水银的瞬间。他还讲过这样的感受：人一旦越过四十米的水深，就仿佛跨入了黑暗和虚无的王国。他也提到过那个'反自然的任务'——护送几升氧气到海底最深处，而那里原本没有气体的容身之处。他知道自己撩起了海底深渊神秘面纱的一角。而大自然的进化演变还未能预料到这样的入侵，所以不凡之处是人类的眼睛打破了自然界的禁忌，发现了自然之力允许范围外的风景。勒普朗非常欣赏荣格的深不可测，用这位作家的话来说，这一次又一次的试探破坏了大海的诗意。此外，他还会冷冷地提及栓塞、动脉氮气中毒的危险、死亡，简言之，就是血液变成泡沫的过程。讲述过程中他又打开了一瓶红酒，刚听他滔滔不绝讲述'另一世界'的听众惊诧地发现这位讲述者善饮、酷爱吸烟，竟也非常适应陆地上的快乐生活。后来，勒普朗死于一次训练，是回到水面过程中的一次操作失误，就在去年冬天。那一天，尼斯北风凛冽。风猛烈揉搓着棕榈树，发出骤雨的声响，在英国人大道上似乎没人发现一个天才刚被自己呼出的二氧化碳杀死了。他去世的两年前，曾有一家报社的编辑部邀请他参加一次在阿富汗的报道。那时塔利班炸毁了巴米扬大佛，美国人将他们击溃，整个国家百废待兴。卢瓦克·勒普朗跟随一个记者和摄影师团队穿越了这个哈扎拉人的国度，最终到达班达米尔湖。那些绝美的天然湖泊像阶梯一样层层叠叠，每一级都已钙化、带着珠光，和溢流道分开。瀑布般的水流从一个湖泊倾泻到另一个，每个湖泊将收获到的满池湖水传递给下一个湖泊。阿富汗人将此处看作他们的精神圣地。当地传统认为班达米尔是无底深渊，与地球中心相通。那位主编希望卢瓦克在湖中自由潜，并触摸湖底，然后宣告当地传说并不属实。卢瓦克读了凯塞尔、吉卜林和马杰鲁，收拾好背包上了路。他乘着长途汽车穿越了土耳其和伊朗，经过赫拉特附近的国境线、阿富汗中部的公路，与一行记者到达了班达米尔地区。起初，他在湖泊周围长时间地踱步，哈扎拉的夏天白晃晃，刺眼的白光照耀下的湖水好像在煽动他潜入其中，想让他拆穿这些镶贴在疲惫不堪的荒原之上的青绿色死水的秘密。随后的某天，他终于下定了决心。勒普朗盘腿坐在最高的那片水域岸边，开始呼吸练习。几千名当地村民簇拥着成堆挤在湖岸边，打量着钙化平板上的这个金发天使。下午三点，他穿上单片潜水蹼，纵身跃入蔚蓝水域。一分钟过去了，两分钟过去了，那些阿富汗人开始互相戳戳手肘，窸窸窣窣地低语，说可能没办法把他捞上来了。就在此时，水忽然开始微微颤动，在两分三十秒后卢瓦克划破水镜。上岸后，他对村长说他并未到达湖底。村长长老式的大胡子上浮起一丝笑意，头裹缠巾的观众随即也得意地发出啧啧声。不过后来卢瓦克才告诉我们班达米尔湖水深四十米。他向我们承认在摸到湖底时他捡了一枚鹅卵石，但在回到水面前一刻扔掉了，因为他不想在侵犯湖泊神灵的粗鲁行为上，再给那些烈日下蹲守鱼人返回的裹头巾的人的信仰平添无谓的侮辱和嘲笑。

"最后一位是奥茨——我的最爱，一个完美的英国人，退伍军人，曾在布尔战争中受伤，一个纯粹的人、烈士，也许还是个圣人？一九一二年，他和队友组成一支五人小分队到达南极，其中有著名的罗伯特·福尔肯·斯科特。他们要拖着沉重的雪橇，在厚厚的积雪里，在零下三十度的极寒环境中并肩行走数月。那个斯科特简直就是皇家海军的至纯产物，目光中闪耀着日不落帝国的无上骄傲，长着比科努阿伊海角还要突出的下巴。他拥有禁锢智慧所需的顽固不化和束缚效力所需的因循守旧。他自始至终都未'堕落'到利用雪橇狗来完成这趟征服之旅。和女王陛下的所有军官一样，斯科特觉得在超负荷情况下，在重重雪堆中筋疲力尽地艰难前行才更显贵族风度。在海军中，他们把这种前行方式称为'人拉车'。明明狗拉雪橇可以兴高采烈地帮人解除各种辛劳的步骤，可天知道哪门子荣誉感需要人像努比亚奴隶一样艰苦卓绝。哦，就在一九一二年一月十七日这天，这些英国人一定是直愣愣地站在南极，愚蠢地看着彼此！因为他们刚以一线之差错过了'最早征服南极'的荣誉，因为另一面国旗已经在那里迎风飘扬了。之前在浮冰上时，他们其实已经发现了它。有人把某国国旗挂在了杆子上。南极躲过了不列颠王国的国威。可惜，挪威人阿蒙森比他们早到一个月。他留下了一顶帆布帐篷、一根支索固定的黑色桅杆和一封给挪威哈康国王的信，这个阿蒙森竟然还厚颜无耻地让斯科特将这封信转交给国王！阿蒙森将自己的探险看作突击队行动，而斯科特他们是缓慢的步兵行动。一边是迅速、轻装、适应能力强、掌握了北极各种生存方法和技巧的挪威人；另一边是纪律严明、拥有先进工业装备，并对'不列颠王国庶民的身份高于大自然法则'这一点深信不疑的英国人。挪威人使用了雪橇狗，因为他们并不蔑视北极人民……至于无视极地探险者忠告的英国人斯科特则固执地坚持在人拉车之前用小马拉车护送器材。他拒绝了借用原始人类狗拉雪橇的技艺。一个爱斯基摩人怎么可能教给一位英国贵族任何知识呢？另一边，阿蒙森展开了闪电战，他在冰盖上顺利滑行，轻而易举地克服了重重困难。极地，他不是征服它，而是彻底将其收入囊中。可斯科特则背着他作茧自缚的海军包袱，一再落后，不断犯错。最后弄得自己气喘吁吁，筋疲力尽。他，至高无上的女王陛下的一名军官，站在地球之巅，被维京小混混领导的一群养狗人羞辱。为了给这个灾难加冕，南半球的冬天暴袭了这片白色沙漠。五个英国人的撤退从十九日开始。几天后，这次撤退成了彻底的溃败。斯科特和他手下的唯一出路——回到距离他们一千两百八十公里的大本营。他们连续数月缺衣少粮，在南极平原上艰难蹒跚，整日被暴风雪纠缠不休，个个瘦成骷髅。那一年，冬天提前一个月开始了它最初的寒冷肆虐。夜里，温度计的水银跌至零下四十度以下。这些英国人每天只能应付十多公里的路。埃文斯是第一个倒在雪地里再也没能起来的队员。斯科特始终保持作为英国军官学校老校友的沉着冷静，他在日记里写道："一位同胞的逝去令人心碎。"简直就是墓志铭！维多利亚士兵将任何的情感流露都视作可耻的疾病。之后，就只是日子长短的问题了。随着时间的流逝，队员们的气力日渐衰退。他们离开陆地平原，但大浮冰决定竖起它破破烂烂的大钉耙子跟他们作对。最后，这群英国人都因寒冷、劳累和气馁在离最后一个补给站不到二十公里的地方死去。斯科特用最后的力气把他的朋友一个个放进睡袋，并写下最后几封完全冰冻起来的英雄主义书信。人们阅读这些信件的时候不知所措，不知道应该欣赏这种忘我的牺牲精神还是厌恶这个干涸的灵魂。

"但我想讲回奥茨。斯科特、威尔逊和鲍尔斯都死于三月二十九日。在这个日子的前几天，也就是十六或十七日，根据他们长官的日记记述，奥茨的脚已经冻伤，走不动了，这导致同伴前进速度的减慢。他很清楚这一点，于是多次请求同伴放弃他，可他们都拒绝了，一个英国人永远不会抛下另一个英国人。然后在某个清晨，暴风雪在帐篷外咆哮。奥茨深信没有自己的拖累，同伴们会前进得更快，并能到达补给站。于是他决定了结此事。他走出帐篷，撂下一句'我出去一下，过会儿回来'。斯科特在他的日记里用溪水般流淌的抒情语句赞赏道：'这是一位勇士、一位绅士的壮举。'奥茨的尸体再未被找到。为了拯救同伴，他以日本武士或者因纽特老人的方式化为虚无。"

"可你为什么要给我们讲这些，杰克？"

"因为，你们这些家伙为了平摊餐费、对究竟谁喝了几杯红酒争辩不休的时候，我也不知道为什么，总让我想到雄一郎、勒普朗和奥茨的画面。我猜这三个人也许会替你们付钱。"

岩　钉

我向岩石要一弯月亮。

——斯蒂芬妮·博德

没什么比被别人超前一步更糟糕的事了。我们以为自己是第一，其实有个混蛋先你一步。有些自称处女的姑娘就是这样被一些自认为是处女开垦者的情人弄死的。这些野蛮人倒也有获得宽大处理的可能，试想一下阿姆斯特朗从飞船旋梯走下来时发现在月亮表面的尘埃里有一串脚印，沿着脚印看到一面镰刀和锤子的红旗！或者一对亚当式夫妇在一棵已经被偷走苹果的苹果树跟前……

当我们到达塔卡科尔山顶时，杰克和我感觉被骗了。然后杰克重复了至少十遍这句话：

"这不可能，妈的！这不可能，这不可能。"

他絮絮叨叨地重复着这句话，像在念符咒。

不过，最开始倒是进行得很顺利。杰克是当下最有名的登山运动员。他是美国人，刚在大乔拉斯峰的至高点"行者之端"庆祝了自己三十四岁的生日。《泰晤士报》刊登了他帅气的照片，红头盔的一角溜出一缕金发。他仅用一季的时间就在艾格峰北壁开辟了一条新路线，并打破了约塞米蒂花岗岩上的一项速度纪录，完成了阿根廷巴塔哥尼亚菲茨罗伊山的一次成功登顶。还有，在此期间他成功勾到了前凸后翘的二十二岁托斯卡纳嫩模玛塞拉·德拉·蒙蒂的手。此外，这个冬天杰出的杰克还意外羞辱了试图救助困在少女峰岩壁上的两个德国人的救援队。那天，在暴风雪中杰克和一个同伴选了一条非常冒险的直路，在官方高山向导们的眼皮底下拯救了那两个不幸的人。当他们回到山谷时，他声称："登山运动就是用更荒谬的行动解决生活中的荒谬问题的一种方式。"于是隔日各大报纸都称他为"山巅诗人"。

  杰克网球运动员般的身影穿梭于各山岭的北壁。在地面上的日子，他是十足的瘾君子。待短暂的雨过天晴时，他就会跑到带细木护壁的、高大雄伟的瑞士酒店读米拉日巴的书。在这些酒店里，爱运动的日耳曼母亲们用白兰地湮灭无聊透顶的时光。她们把儿女托付给英国保姆，然后把自己的屁股托付给露台和大堂之间碰到的第一个滑雪冠军。杰克完全不认为需要对玛塞拉忠诚。他和那些度假的女人做爱，宣称需要做爱来分解肾上腺素，因为他经历的无数次自杀式登山所产生的肾上腺素已让他长期无法动弹。

有一天，杰克问我是否想跟他一起去撒哈拉，去攀登一座一直萦绕在他脑海里的花岗岩峰。当时我露出一副不快的样子："如果你问我，就说明你对我还有所质疑！"于是很快我向书店请了一个月的假，和杰克在机场会合。我提着两个金属旅行箱，里面装的是满满当当的岩钉。在安全通道前排队时，我意外地发现玛塞拉·德拉·蒙蒂也要和我们一起旅行。杰克什么都没告诉我，他总是这样，谁都别想从他那里得到任何解释。"登山是没有解释可言的，"他习惯这样说，"就像生活！"就这样，飞机带着我们三个人朝南飞去。

塔卡科尔矗立在奥加高原的群山中央，直愣愣地戳在滚烫的无垠沙海之上。高四百米的山峰在戈拉尔群山之中鹤立鸡群。亿万年前当撒哈拉地区还是绿树成荫、芦苇摇曳、水栖生物遍布的时候，藤蔓植物就攻占了这座山峰。这座"灯塔"此时此刻正守护着这片虚无世界。

"活像一座死城的瞭望塔。"杰克说。玛塞拉觉得更像是被扶正了的比萨斜塔，而我倒觉得像一座巨大的撒哈拉日晷。可我什么都没说，因为这时空姐送来了饮料。

杰克给我看他拥有的唯一一张塔卡科尔的图片，是一张杂志图片的黑白复印件。这张照片就是整件事的导火索——他在上面发现了岩壁上的一条裂缝，它划开整个南壁并一直延伸到山顶的凸起处。世界上没有任何一张照片被人眼如此细致地观察过，在整个飞往阿尔及尔的航程中，我仔仔细细地盯着它足足看了四小时。杰克呢，一边喝着杜松子酒，一边色眯眯地瞟着那些空姐，右手则放在玛塞拉的短裙里。我们正在地中海上空，杰克坚信山的美远远超过波光粼粼的大海。好不容易等到他往舷窗外的大海高傲地瞥了一眼，结果他甩出一句：

"海看起来真蠢。"

"可海周围有很多漂亮的酒店。"玛塞拉说道。

"还有了不起的山。"我补充道。

杰克和我是在梅杰山的避难小屋认识的，那是个寒风凛冽的夜晚，风吹走了山脊上的雪堆。看守焦躁不安，因为他接到通知说有两个登山运动员被困在"上帝的手指"山顶。杰克午夜出发时说了一句："我去找他们。"然后第二天早晨六点才回来，绳子另一端牵着被困的那两个人。他俩是后悔离开煤田的洛林人。我很喜欢杰克不依不饶地劝这两个刚脱险的人喝萨瓦红酒的方式。他还叫醒了小屋里的所有人，并成功说服他们跳下床为健康或别的什么一起干杯。几小时后，我俩在山谷里躲避狂风时开始交谈。他跟我聊起了他正在写的一本书——一次登山游记，每个场景都象征了一个存在主义的脉搏，即从生到死，其间经过青少年和中年。我告诉他这听起来有些矫饰浮夸，不如真诚地、不带任何讽喻地讲述一次登山经历。结果他听了我的话，几个月后他来书店找我，递给我一沓纸，书名是《岩壁上》。"这是对抗臭氧的一天……"书的开篇是这样的。杰克带着我去爬了几座山，其间发生了一件罕见的事：我俩相处得异常融洽。我们很少交谈，并拒绝任何建议，彼此绝对信任。没有不耐烦的手势，没有一句指责，没有令人不快的评判，没有任何随随便便的亲近。我们并肩同行，给对方足够的私人空间和宁静，毕竟距离是维持真正友谊的法宝。

不久飞机着陆了，降落时的颠簸只是随后漫长颠沛流离的开端。我们在阿尔及尔租了一辆灰色的贝利埃车，将埃尔戈雷亚和因萨拉赫甩到卡车尾扬起的一笼尘土中。我们经过一些阳光镀锡的绿洲。天空不给人任何希望，地平线消融在沙尘背后。太阳是个致命的圆点，它击溃了所有欢乐。炎热扰乱了我们的心，压垮了一切思考：在四十摄氏度的生活里能有什么希望呢？随后便是讷夫鲁加油站，在到达塔曼拉塞特之前不再会有加油站了。我们在路上飞驰，一刻也不停，三人交替驾驶。沙漠中的空气撕碎了嘴唇，作为春天的天气真是异常的热，整个沙漠都酷热难耐。几个小时的奔波后，杰克双眼充血，像极了一支非洲军队的上尉，或者一匹将荒野变成自己王国的瘦削精悍的狼。玛塞拉用浅米色围巾盖住身体，在高速扬起的气流中，围巾在她骨感的身体周围萦绕飞舞，就像随地穴之风飘扬的木乃伊缠布。她整天都在用充满爱的手势温柔地往自己的四肢涂抹乳木果脂。我们瘫倒在后座，打着瞌睡，在热气的轻抚中倒在一大堆攀岩绳上，心里想着在岩壁上等待我们的种种酷刑。但这就是探险，我们并不害怕。晚上，我们在绿洲听着天仙子花窸窸窣窣的声音，没精打采地挑着小杯子里的椰枣吃，棕榈树抖动着挂在枝头的星星。这些转瞬即逝的快乐时光对我们之后的经历毫无用处。好时光和精力一样无法存储。幸福的时刻不是在未来获得成功的方法。

"我们在岩壁上时，会怀念这份凉爽的。"我说。

"到时候我们可有别的事做。"杰克说。

"我们会后悔的。"玛塞拉说。

我们用了一周的时间到达塔曼拉塞特，并找到了向导埃尔·穆卢德和厨师布拉希姆，还往卡车上装了两百升水和几只活山羊，最终到达塔卡科尔山脚。

峰尖看起来非常恐怖。它是突然出现在我们的头顶的，它就那样直挺挺地插在沙地里，划开云朵。

"上古时代的图腾。"我说。

"屁股中间的生殖器。"玛塞拉说。

"狼人猎手的尖木棒。"我补充道。

"我只想说,它让我勃起,"杰克说,"在地质方面,我可是同性恋。"

成片的新月形沙丘咂咂地在平坡上移动。广袤无垠的碎砾荒漠向北展开,表面涂抹着一层焦热,那是风蚀后留下的斑驳地盾。在这片被高温击垮、被衰老弄得疲惫不堪的风景中,我们会突然察觉一丝小小的抖动:一只蜘蛛或者一只蝎子飞速跑进沙洞。我们通过望远镜确认了杰克的直觉是对的:一条裂缝弯弯曲曲从下往上延伸,有的地方有胳膊那么宽,有的地方只有指甲那么窄。我们应该可以爬过去。

"得用极平的岩钉。"杰克自言自语地咕哝着。

"这里真像胡安勒班的丽岸海滩。"玛塞拉说。

"这里以前是海。"杰克说。

"这并不能安慰我。"玛塞拉说。

"大海终有一天会回来的。"我说。

"我可不会等它。"玛塞拉说。

我们先在一些小岩壁上训练了三天,在一些大块岩石庇护处安营扎寨,就是把呢斗篷扔到一方阴影下。晚上,那些图阿雷格人在沙里挖一个洞,用荆棘点上火,煮了茶,火光舔着他们黑色的脸庞,被咧嘴的微笑劈开的脸就像血腥节庆上的战争面具。在一顿肉食晚餐后,我们伸开被长时间攀岩折磨的双腿,抽起了烟,看着星辰吸附着未烧尽的炭灰,此时,银河中群星璀璨。

"也许在这一团乱七八糟的星星里也有生命,但有没有山民呢?"杰克问道。

"外星人有没有科幻文学呢?"我问道。

"它们怎么做爱呢?"玛塞拉问道。

"还要茶吗?"埃尔·穆卢德问道。

我抽着过干的哈瓦那雪茄,朝天空吞云吐雾,烟雾在被捣碎的星辰面前缭绕……之后便是一成不变的日常:杰克一跃而起,牵起玛塞拉的手,一个字也不说。此时,我看到那些图阿雷格人停止了交谈。这些混蛋可什么都不想错过。先是突然降临的、漫长的寂静,渐渐地这寂静变得愈加厚重,只是不时被柴火噼里啪啦的声音打断。然后就能听到从远处传来的呻吟。第一晚,我还把那些声音当作长耳狐的低声吠叫。可随后便是大大的喘息声,接着是从深夜中突然传入耳中的、夹杂着胡言乱语的叫喊声。杰克的爱很粗鲁,不太能给人以灵感。他叫喊着各种脏话,他以为三百米的距离就足以与世隔绝,可他忘了声音在沙漠里能传很远。最开始,就在我们到达的那天,我还替那些图阿雷格人感到尴尬,后来我很意外地看到这些向导低下了头,神情严肃地看着火,就在那两人巫山云雨、"婊子!"声在沙漠中不断迸发时。对图阿雷格人而言,爱或许是件严肃、庄重的事吧，谁知道呢？

我从不喜欢在大自然里做爱。野外的种种不便让我感到厌恶……稻草堆会扎皮肤，草会凸显大腿上的赘肉，太阳会晒伤背，虚伪的灌木丛会掩护偷窥者，就连帐篷也于事无补，因为尼龙布总是粘住皮肤。我还记得有一天在牛津，我的那个"她"是英国人，草坪让人觉得怪痒痒。我们当时在一个码头旁的垂柳下亲热。突然，我发现一群绿头鸭正看着我们，那可比被我妈看到还尴尬。

一天清晨，杰克五点就醒来了，大声宣布要去攻克这个该死的帽子山顶。于是我们在沙地上摊开席子，准备各种器材。那些图阿雷格人仔细打量着那些岩钉，它们在阳光下就像基克拉泽斯港口早贩们售卖的银色沙丁鱼。这些图阿雷格人可不会登上这座沙漠中的堡垒。数个世纪来他们满足于静悄悄地滑到这块巨大玄武岩的脚下，带领着悲伤的驼队从一棵刺槐的树荫下走到一口因混入海水而发咸的井边。多样的地质特征对他们而言不过是些冷漠无情、对人类的事情毫不关心的哨兵，这种遍布尖锐岩石的地方可不是什么意志和骄傲的征服之地。

到了早上十点，我们准备就绪。杰克身披攀岩绳，双环索上挂满沉甸甸的岩钉，短绳上挂着岩锤。到了岩壁他抓牢山缝处，往上爬了几米。这场艰苦的战斗将持续八天。他徒手在岩壁上攀爬，开辟各条路径，只有在防坠时才会安几颗岩钉。他像蜥蜴一样紧贴岩石，有时做出猫一般优雅的动作，或者在完全不知道会发生什么的情况下竭尽全力往上爬，有时会冒从六七米甚至十米的地方坠落到一块没固定好的岩钉上的风险。但登山本就是充满偶然、恐惧和力量的游戏。杰克只有在十指紧扣微凸的抓点、悬挂在我认为非常恐怖的半空时，他才真正地、完完全全地属于自己。我跟着他，拉着攀岩绳。我可没有像自视清高的杰克那样一定要徒手攀岩。他拒绝任何非徒手的攀爬，哪怕只是一厘米的距离。我们就这样沿着岩壁裂缝爬，它就是我们的路径，也是我们的生命线。岩缝在平滑的岩壁上蜿蜒，在凸出的岩壁上蛇行，纵向劈开峰尖。杰克担心开口过大的那几段，因为完全无法将手卡在里面，这就逼着他做出令人身心交瘁的扭曲动作。我则数小时悬挂在保护岩钉上，随着他的进度一点点给他送绳子。得想办法填满这些没有形状、没有边缘的空虚日子，于是我开始仔细观察斑岩的纹路，想着这些堡垒引起的各种肌肉痉挛。幸亏我的地质学知识填补了内心世界的空虚。我看着游丝般的薄云，想起书店里那些乏味的日子，那些令人沮丧的顾客，还有那些根本无法想起来自己无论如何都要买到的那本书书名的过于肥胖的女士……我望向露营地，辨出两个蓝色色块是布拉希姆和埃尔·穆卢德，他俩躺在一块岩石的阴影处，另外还有玛塞拉的白色身影，她正用双筒望远镜看着我们。有时，我背后会突然蹿出一个黑影，我本能地立刻蜷缩起来。那是杰克在岩壁上清理路径，将一些大岩块去除掉，这些岩石就像劈开滚烫的热空气后在多石巨岩脚下的空地上爆炸的车。晚上，我们伴着最后的微光回到地面时，已经是漆黑的夜晚，我们的头灯照亮前路，我简直无法相信自己还活着。但一想到正有一个没有任何危险的夜晚等着我们，我就心花怒放。星辰在宇宙中微微颤抖，我们朝营地走去，感到怡然自得，尽管脖子上青筋鼓胀，前臂的血管也依然凸起，我甚至能感受到手指肚上强烈的脉搏。杰克开始准备第二天的岩钉，并在被岩壁折磨得伤痕累累的手上涂抹护手霜，然后便咧着嘴、带着狼一般的坏笑走向火堆。被篝火搞得疲惫又沮丧的玛塞拉正等着他。玛塞拉就是犒劳杰克辛苦一天的奖赏。

有一天，我们带上她一起攀岩。她沿着我们在岩壁上留下的绳子爬了三百米。杰克为我们安好保护站，然后就开始着手攻克下一段风化的岩壁。

那天我和玛塞拉在原地整整待了八小时。我甚至能闻到她皮肤上太阳的味道。我们没怎么说话，但是后来一回到法国我就开始想，其实很少有人能炫耀这样的经历：和某人紧挨着待一整天，而且是悬挂在离地三百米的两片金属钉上，而身边这个人和你的距离，比在咖啡厅露台上喝杜松子柠檬鸡尾酒那个年代的人与人之间的还要近。当杰克撬下的岩石冰雹在我们背后三米远的地方落下时,我就一把将她搂进怀里,脸贴脸。每两小时我就给她一点水,帮她在极狭窄的岩壁台阶上挪动位置,就像两个遇险后等待救援的人。我就是女主人骑士的随从,而疯子般的骑士正在我们头顶寻找着壁垒上的缝隙。

"这简直就是自杀的运动。"我说。

"这根本就不是一项运动,"玛塞拉说,"是这个男人唯一的真爱。"

"这是一种生活方式。"我补充道。

"一种死的方式。"她说。

"这是一门艺术。"我说。

"是一种神经病。"她说。

"都一样。"我说。

"可比起艺术,这个挣得可不多。"她说。

晚上杰克和我们会合时,他悬挂在绳子上大声宣布已经爬过了最后那一段,并在四百米的上方安好了一个保护站。玛塞拉冲他喊"混蛋!",我对此反应的理解是:这是她此时此刻迫不及待地向她的男人表达爱意的方式。他从高空降下,驱散了不幸,也缩短了几小时难以避免的忧伤。

第二天,杰克继续往上爬。玛塞拉待在山脚开始收拾器材,因为杰克保证说当晚就能登顶并回到地面,隔日就能回家了。"到时候我可得痛痛快快地喝上一局。"他补充道。

山顶的岩石凸起几乎将我们击退,在它的底部看不出任何的破绽。密集的岩石在山尖下方镶了一圈花边,就像个蘑菇头。杰克受精灵的启发,无惧风险,在简陋的保护设施上方八至十米处掰掉凸起边缘竖起的风化岩石碎片,在赭红的空中一边高声咒骂一边一米一米地攻陷塔卡科尔最后的防守。随后他从我的视线中消失了。绳索在我手中长时间静止,然后是岩锤重击的回声传到我耳畔,突然一声惊呼劈开了昏暗的天色:"登顶啦!"

我赶紧拉着绳索跟上他的步伐。山顶上是一片开阔的平地,微微朝北倾斜。登顶后我发现了两样东西,是头灯的光束捕捉到了它们的反光——两颗薄片岩钉,它们经岁月磨砺有些氧化,由一根已经严重磨损的细绳连在一起,被钉在一条岩缝中,而且它们就在杰克身旁。杰克因胜利而过于欣喜若狂,并急于安抚我、收拾保护站、整理绳索,所以他居然没有看到它们。

"这不可能!妈的,这不可能!这不可能。"

我们用岩锤拔出那两颗岩钉,然后重新钉入两颗锚点岩钉准备下降。之后我们便投入黑夜,沿着绳索慢慢下降。五小时后,我们回到了沙漠中的营地,叫醒了玛塞拉,结果她对杰克说的话让他比发现山顶的岩钉还沮丧:

"我亲爱的杰克,为什么在某个地方你不是第一,就这么不可思议呢?"

那两颗岩钉的主人叫皮埃尔·贡蒂。在我们登上塔卡科尔的二十五年前,他就开辟出了一条登顶路线,而且是从北壁攀上去的。我和杰克根本就没考虑过从北壁走,因为风化过于严重。但当年那些攀岩的人完完全全是在自杀。他们攀登的简直就是扑克牌搭建的金字塔。他们在那些摇摇晃晃的岩壁上攀爬,心怀十六世纪开辟新世界的西班牙征服者般的坚定信念。岩壁的坍塌丝毫不会影响这一代马拉帕尔泰式的浪漫主义登山运动员的情感,他们曾在阿尔卑斯山的冰川上遭受过意军和德军的轰炸,可他们依旧继续攀登,当然也不断面临死亡。如果谁万幸避开了岩崩,就改日再次启程。在那个年代,要攀爬到老除非有奇迹出现。后来,某个早晨杰克打电话到书店找我,声音听起来很激动:

"我找到那个人了!我知道是谁第一个登上塔卡科尔的了!"

原来他翻查了《登山探险》杂志五六十年代的档案,找到了一九五七年六月二十日的一篇短文,题目是:奥加首个成功登顶队伍:贡蒂-阿曼高登山队六日登顶塔卡科尔。

"这个混蛋当时是在一叠盘子上冒着生命危险攀岩。"

皮埃尔·贡蒂在那个年代就是个十足的疯子。

"贡蒂，那个议员？"我说。

"是的。"

"那得去见见他！"

"我就是为这给你打的电话。他是'回忆与抵抗'基金会的主席，就在蒂雷纳街。我一会儿来书店接你一起去。"

玛塞拉开着一辆蓝绿色的小菲亚特，车门坏了，得从打开的车顶上车。她开车就像在广袤的西非沙丘地带，全世界只有她一个人。杰克一路咒骂着别的司机，向行人比画着侮辱性的手势。我则向玛塞拉解释着我们要去见的人。

贡蒂是无可挑剔的国家公仆，第五共和国的重要守护者。他在伦敦生活过，经历过战争，参加过游击队，落得一身伤痕累累，对他而言英雄主义是稀松平常的事。一九四五年后，他的生活穿梭于高山和政治之间。最终他在钉岩钉和修订法律这两个截然不同的领域都出类拔萃，将一切荣光收入囊中：巴塔哥尼亚和喜马拉雅的首批登顶者、议会主席、参议院议员、部长、阿尔卑斯山的快速登山赛和冬季登山赛冠军。在他的身后留下了两三个被冰川吞噬的登山队友和许多政治上的手下败将。另外，他还在索邦大学教了几年法律。他常会在周一早上冲进阶梯教室，双手血迹斑斑，因为周末刚攀登了某座山的北壁，而前夜他连夜开车从夏莫尼赶回学校，在高速路上风驰电掣，只为能准时站到学生面前。除此之外，在公正性、精神道德、完整性方面他都无可挑剔，没有丝毫的平庸。山巅、国家、宪法，这家伙永远位于顶峰。他可能在众多顶峰的至纯之巅试图洗尽政界令人窒息的严肃空气。

贡蒂的臂膀如花岗岩般坚实，并随着手臂的摆动在正装外套内上下起伏。他在议会中鹤立鸡群，周围都是些面色忧郁的部长和大腹便便的野心家。在英国有他这样的人，劳伦斯上校们或者威弗瑞·塞西格爵士们，他们将肌肉和头脑相连，并不把思考和行动完全分开。但在法国这样的人极其罕见。这是受限于我们的二元论，我们总认为知识分子必然体弱多病，而运动员则多少有点蠢。有一天贡蒂在议会吓到了对面的议员，因为那天他紧握拳头、挥动着猪前腿般粗壮的前臂在走廊里疾跑。

很快，我们到了基金会，前台的女接待员不由往后退了一步。

"我们来见主席。"

"你们有预约吗？"

"没有。"

"需要先预约，这是预约电话……"

杰克突然把那两颗岩钉扔到桌上。

"不，小姐，我们换种方式吧，请您给贡蒂先生打电话，告诉他我们带了一个来自塔卡科尔山顶的惊喜。就这一句，他的反应会让您大吃一惊的。"

十分钟后，我们便到了基金会二楼宽敞的办公室。贡蒂坐在扶手椅里，安静地摆弄着这两颗变了形的金属钉，红彤彤的双手在颤抖。岩壁上度过的数不胜数的冰冷夜晚让他的泪腺早已干涸，否则我猜他会哭的。我们三个都直愣在那儿，有点傻，就连杰克也莫名丢失了他的傲慢。

"妈的，"他突然嘟囔道，"你们就在那上面，二十五年之后……走，我取消所有安排，我们一起吃午饭！"

他的秘书很不欣赏这样的事态发展。

"可是，贡蒂先生，您和将军的会面……"

"那有什么关系，艾德维齐，推迟。"

在加斯卡餐厅，他就像在自己家。餐厅里的人满满当当，没人敢问他是否提前预定。那些服务员也毫无抱怨，领着我们到了最靠里带软垫长椅的位置。我们跟着贡蒂，就像三个迷迷糊糊、不知所措的外甥，而他们的舅舅现在带他们出来，给他们好好上一课。他坐到预留给他的位置，玛塞拉在他左边，杰克在他右边，我在他对面，桌上放着一瓶波尔多红酒和那两颗岩钉。他点了腰子，杰克点了焖肉，我点了鸭胸，玛塞拉只要了水。

"这两个生锈的破玩意儿是这么久以来我收到过的最美好的礼

物之一。"贡蒂感叹道。

"通常杰克送的礼物可都不怎么好。"玛塞拉说。

"这两块变了形的小薄片……我的青春、我的力量都在这里……当时我就像只无头苍蝇一样东撞西闯，你们明白的，在那个年代……"

"您一定明白我们当时发现它们时有多生气。"杰克说。

"真是彻头彻脑的小屁孩儿，"玛塞拉说，"更糟！就像争着第一个在路灯座上撒尿的小狗。"

"你们肯定无法知道我们登过顶，"贡蒂说，"那个时候没人谈论我们的胜利，因为那条路线不怎么看好，而且回到阿尔及尔时我们什么都没说。可我们当时真的像畜生一样拼命。整整六天在废墟一样的岩壁上爬，没有一个结实的锚点……太糟了……每小时我都以为自己会死。而且阿曼高几个月后真的就在那儿送了命，在维佩峡谷的绿峰。他就像我的兄弟，我的得力助手。"

贡蒂一边喝酒，一边像吃登山大本营那种罐头牛肉一样大口吃着他点的腰子。

"你们做的事……"他用刀尖指着我们说。

"是杰克做的事。"我纠正了他。

"我们也发现了那个裂缝，但当时都觉得没人能爬过那里。可二十五年后……"

"杰克总爱去不该去的地方。"玛塞拉说。

"你们硬生生闯出了一条了不起的路线。你们真是……"

突然,贡蒂倒下了。他身体僵直,背靠着软垫长椅的丝绒靠垫,下巴缓缓地搭到前胸,然后非常缓慢地向前倾,最后头砸进了面前的餐盘。周围的人开始尖声惊叫。玛塞拉有条不紊地喝着水。杰克保持沉默,用食指碰了碰贡蒂的肩膀说:"嘿,兄弟。"不一会儿,医生到了,说着"心肌梗塞"之类的词。最后消防救生员带走了尸体。后来餐厅的一位女士说,这是非常美好的一种死亡方式。餐厅给我们免了单。离开的时候杰克把那两颗岩钉放进了口袋。第二天,《解放报》刊出了题为"贡蒂的失足"的文章,《十字架报》的文章题目是"贡蒂:最后的攀登"。

而我记得就在餐厅陷入死一般的寂静的那一刻,我长久地盯着那两颗生锈的岩钉,心想其实我们也许更应该让它们待在塔卡科尔山顶的缝隙里,此时此刻沙漠的干旱应该在继续剥蚀它们,慢慢地,在明晃晃的骄阳下,而这个神秘的命运平衡就不会被打破。

狙击手

没有什么比混淆因果更危险的错误了。

——尼采,《偶像的黄昏》

艾莉丝·布夏尔长得并不漂亮,但她特别幸运,脖子上的三道褶子让年轻小伙们神魂颠倒。她是八〇后,眼镜后面是一双乌黑的眼睛(多年后,她将供职于格拉卡诺尔实验室人力资源部,并戴上美瞳)。她和班里男同学讲话时总会眯起双眼。在整个社区的高中女生中,她是最厚颜无耻的。那时女生主动挑逗男生,也不会受到惩罚。可现如今在塞纳-圣但尼,活烧女巫的行径重见天日,人们烧死女孩的原因和烧死圣女贞德一样:裤子和头发不符合规定。

艾莉丝·布夏尔准备搭讪一个高中男生时,其他女孩就会立刻远远躲开,因为害怕被她揍,之后还得用假的雷朋双杠眼镜(当时的流行款)遮住瘀青的双眼。艾莉丝的大腿很容易张开,右勾拳也非常厉害。就这样,艾莉丝靠着十岁女孩一样的瘦削身材,加上四条夏天的短裙和"青春造船厂"用十五年造就的弹头般的胸部横扫天下。当舒缓的曲子响起、宣布爱抚时刻的到来时,她就会像水蛇一样跳舞,非常娴熟地把肚子贴到男孩身上。她和男孩第一次接吻就会把整条舌头都伸进对方嘴里。于是在学校里她就这样让无数男孩惊叹不已,不过其中也有很多人被揍扁了鼻子。直到高三她遇到了特伦斯·尤文纳尔——让她全情投入的真命天子、尖子生,她发誓会让他成为自己的丈夫。

没人看好这段感情,大家继续说着布夏尔是个婊子。

巡逻队在阿富汗的一个村庄前行。北风呼啸,杨树沙沙作响,银色纺锤状的树冠让农田林荫道变得格外清爽。一条条的水渠映着天空,在鹅卵石矮墙间蜿蜒。大麦田里狂风吹起滚滚麦浪,层层叠叠的新绿色麦穗一次次猛烈地扑向地面。狂风狠狠地朝大地扇耳光,女人们穿的罩袍哗哗响,就像前桅索帆在海风中发出的声音,她们被推向农田的边缘。平坡上星星点点散缀着一些骆驼。山坡一直延伸到树林边缘。远处,兴都库什山脉钻石般的众雪山之巅身披着一抹白色天空。阿富汗的阳光焙烧着这片瑰丽盛景。二十五岁的中尉望着那些山头,想起晚上在先遣营地自己的帐篷里读过的莫里亚克。那是一本笔记,这个天主教老混蛋把它在《快报》上发表了,其中有这样的金句:"到了一定的海拔高度,糟糕的思想将不复存在。"

"怎么能写出这么蠢的句子？"

"您说什么，中尉？"

这位年轻的军官忘记了自从回归北约成员国后，他和小组长们就用法国头盔里安置的费林通信系统时刻保持着联系。

"没什么，加米什，保持距离。"

"收到，中尉。"加米什中士说。

"都是些知识分子的蠢话。"他心想。

然后他将莫里亚克抛到脑后，专心巡逻。士兵们步履缓慢，他们穿过阿扎梅村，在矮墙上方东看看西瞅瞅，审视着水井和水渠边的水闸，向一个正要离开农田的农民挥手致意，直到他们遇到一群在果园采摘水果的女人时才转回头。通常来说，阿富汗人都面带微笑，但有时即使他们平静地经过，士兵们也会感觉后颈一阵刺痒。他们揣测着这个裹着头巾、肩扛锄头的阿富汗人会不会就是美国恐怖主义者名单上一个乔装后的坏家伙。

这场冲突就是大犀牛和变色龙的战斗。

而它在一个大迷宫里进行。

当日巡逻队的任务是试探一下气氛，了解一下当地人的敌对情绪如何。参谋部将此次任务命名为"对话式巡逻"。而作为"对话"，恐怖袭击却从二〇〇六年开始与日俱增。当地狙击手将 7.65

毫米子弹塞进一公里半外的使用德拉古诺夫狙击步枪的法国士兵的大脑额叶,然后再把步枪拿到白沙瓦市场以上千美元的价格出售。另外还有路边隐匿的无数陷阱,人掉进去后可以将腿至下腹完全撕裂,并炸毁装甲车。中尉觉得这个村庄过于宁静,他不喜欢这副宁静的伪善面孔。

今天先是莫里亚克就让他火大,整个上午都糟透了。

另一边,十二点二十九分,第一个士兵出现在苏莱曼的瞄准器里,他的下腹掠过一丝酸楚。"是些法国人!"信息准确,看来报信的阿富汗警察不是废物。

"扎法尔,给头儿打电话。"苏莱曼命令道。

对讲机的一阵杂音过后:

"哈吉·扎赫?真主保佑您。那个疯狂的法国人找您,他找到他们了。"

哈吉·扎赫是瓦兹拉山谷的军事头目,他的人都叫苏莱曼"疯狂的法国人"。苏莱曼离开法国后,在巴基斯坦奇特拉尔地区某营地接受了一年的训练。然后他越过卡比萨省东边的那些山口,与一个"圣战"组织会合。他对战斗的狂热,他的文学修养,他的激进,他娴熟精准的射击,还有从巴黎郊区空降到此的宿命战士的神秘气息……这一切都吸引了他所在小分队的"圣战分子",他的这些战友都知道巴黎郊区的姑娘都穿着丁字裤，还在大街上故意让腰间的松紧线露在长裤上面。在之前的生活中，苏莱曼名叫布拉希姆。他在德朗西一栋叫"铃兰"的城郊大楼的阴影中长大，不常看到阳光。童年时期他就有了掉进无底洞的感觉，那也是他没有任何美好记忆的青少年时期的前奏。布拉希姆在那里度过的日子里充斥着燃烧的汽车、楼梯口数小时地放哨，还有警察的种种侮辱。十六岁那年，他停止了在高中浪费时间，因为他明白姑娘们不会对他这样的家伙感兴趣。

他既不特别好斗，也不够聪明，所以无法在那儿赚到钱。他只是一个随波逐流的人，拥有置身事外的智慧，这让他备受折磨，平庸和头脑清晰可不是个好搭配。他将自己隐藏到黑风帽后面，他找到了溶解所有希望和反刍他的愤怒的地方。有一天，他在临近的贫民区用汽油纵火，导致那个区一整夜火光熊熊。由此他获得了拘留十二小时的"奖赏"。之后，一位认识他父亲的伊玛目找他谈话。那位信教者很年轻，目光如炬，这一点让布拉希姆印象非常深刻。这位伊玛目并没跟他讲有关《古兰经》美德的陈词滥调，而是告诉他："我要把你变得比那些挡你去路的胆小鬼都更强大，给你所有过去荒废的时光一次报仇雪恨的机会。"布拉希姆是否想找一个理由反抗呢？他想靠精神生活还是靠行动生活呢？"力量与荣耀"就是那位年轻布道者双手捧上的礼物……

"力量与荣耀",在法国只有那些伊玛目还在用这样的词。

布拉希姆赞赏地听着这位在环城路之外备受尊重的男人的话。最终他加入了组织,那位伊玛目向他表示祝贺。

结果他成了那所穆斯林学校里最杰出、最有天赋的学员。

布拉希姆开始在《古兰经》的热火中锻造冷酷的灵魂。在小区清真寺里既不教授《古兰经》各章节的使用,也不教授如何应用圣训。两年后,布拉希姆完全准备好了放弃从前的身份,同时接受了苏莱曼这个名字和一张飞往伊斯兰堡的机票,那位伊玛目的联系人指引他如何从奇特拉尔地区到巴基斯坦西北部的训练营。他那时刚好十八岁。训练营离阿富汗国境线约三十公里。

哈吉·扎赫,手握对讲机,从楼的另一边过来。

"他们有多少人,苏莱曼?"

"现在我只看到三个,"苏莱曼说,"还有国家军队的人正靠着外墙往前走。还有警察,也就是我们的人。"

十二点三十五分,在苏莱曼的望远镜里出现了那位法国中尉。

"真主呀!"

"什么?"哈吉·扎赫说。

"没什么。"苏莱曼说。

苏莱曼忽然大汗淋漓。

苏莱曼立刻认出了他。这个带三道纹的方额头，还有那双眼距极近的蓝眼睛，这让他看起来像西班牙长毛垂耳狗，还有细长的鼻子和软塌塌地贴在大下巴的那张过小的嘴，就是他！

"这个蠢猪，看来我们还没玩完。"

苏莱曼拿起望远镜，几乎快把它塞进眼眶里了。他屏气凝神，嘴唇翘起，露出白牙。他看到那个军官的裤兜里露出来的红色贝雷帽。

"伞兵中尉！混蛋！"他压低自己因激动而变得尖锐的声音。

苏莱曼知道这个年轻法国人读完书就参了军。高中同学有时会聊起这只"白色小蠕虫"，他靠晚上补课通过了军官考试。他父亲就是全心相信军队的军士，所以他入伍也在意料之中。但有这么一天在阿富汗瓦兹拉的村子里通过瞄准孔看到他，这是苏莱曼始料未及的。

"哈吉·扎赫，我自愿去。"他突然说道。

"自愿去干什么，苏莱曼？"

"我会带着狙击步枪的，我要去灭了这个法国排的最高指挥官。然后如果我还有时间，就再来一轮，我会一直朝他们射击，直到他们发现我的位置。"

"这简直就是自杀，兄弟！我们在暗处，如果我们开枪就会被杀掉。我们人数不够，而且他们用的是'米兰'导弹，那些美国恶棍十分钟内就能赶到。"

"哈吉，我自愿牺牲。你和手下立刻撤，只需要穿过那条干河到那边斜坡下面。他们前进得慢，我等三十分钟，等你们走出他们的射程再灭了他们，那时你们也走远了。"

哈吉·扎赫想了想，看了看手表。

"三十分钟，给我们三十分钟。"

"相信我。"苏莱曼说。

"苏莱曼，你做的一切都会得到百倍偿还。真主保佑所有烈士。"

"真主至大，哈吉·扎赫。"苏莱曼说。

"真主保佑你，苏莱曼。"哈吉·扎赫说。

这一小队暴动分子离开了田地。此时，卵石从河岸边的斜坡滚落，一头奶牛哞哞叫，苏莱曼肩扛着那把德拉古诺夫狙击步枪，枪筒架到窗栏上。他调了调望远镜的焦距，看着烟囱上升起的一缕炊烟，估摸出斜坡的倾斜度。此时的他兴奋中带着一丝苦涩，将瞄准器对准了特伦斯·尤文纳尔的头。

三十分钟后，只听咔嗒一声，一颗子弹从一股白烟中射出，几乎同时穿过了尤文纳尔中尉的头，颅骨被掀开。年轻军官还没来得及反应就已经死了，在倒下前走了最后一步。加米什中士虽然和他还有一段距离，也被溅了一身血。瑞克尔下士长看到火光是从一百六十度方向、六百米处高地上的房子里发射出来的，他立刻大喊反击的命令，子弹像雨点般射向田地那边。整个排的士兵都朝房子窗口疯狂射击。阿赫特曼长官的"米尼米"机枪朝房子的土墙扫射着5.56毫米子弹。反击的时间让特鲁耶下士从容地准备好"米兰"导弹的射击坡，他将用它彻底摧毁房子里的孤影射手。此时，清真寺尖塔上的报时声将炙热的空气撕裂。山谷里所有的狗都开始狂吠，一个美国"恶棍"收到了法国排的信息后返回村子，火箭筒已准备好。此时苏莱曼望着太阳，他知道以后再也看不到了，可他并不在乎死，现在他清理了尤文纳尔，那个抢走艾莉丝·布夏尔的混蛋。

有线制导的"米兰"导弹在一阵窸窣声中发射出去，带着一阵几乎可以形容为丝绸般温柔的声响。

一个月后，尤文纳尔中尉获得了烈士十字勋章和旅级嘉奖。部长的一席讲话提到了他的牺牲、责任和"以鲜血为代价保卫民主"，以及共和国的价值。

这位悲痛欲绝的勤劳部长永远无法知道，其实是艾莉丝·布夏尔又制造了一个牺牲品。

隐　士

孤独是多么奇怪的东西，正如它是那么的可怕。

——克里希那穆提，《生命的注释》

我双肘撑着船栏杆像在酒馆吧台一样惬意，一面看着酒杯上残留的圆形印记。勒拿河将泰加森林切割开，还有两千公里它才汇入北冰洋拉普捷夫海滨三角洲。这艘船是勃列日涅夫时期的蒸汽船，它在河面上以每小时八海里的速度前行。俄罗斯人在夏季启用它。这些船员已忍受七十年之久，可还得继续维护这些过时的机器。俄罗斯人对自己的生存状态没有丝毫尊重，却近乎病态地热衷于各式古旧物件的护养。

我记得在一九九七年十一月那期《科学杂志》里，一位德国昆虫学家从数学角度阐释了一只金龟子从理论上讲是不可能飞行的。如果我们按照该昆虫的解剖学和生理学各个参数——体重、翅膀面积、翅膀拍打频率等分析，它只会跌倒。奇迹是这种昆虫证明了它可以超越代数原理,自由飞翔。金龟子在六月天空上的飞翔距离简直就是对科学的巨大凌辱。此时,我看着河水温柔地爱抚着船舷,心想俄罗斯不就是这进化的金龟子般的国度吗?它总是脱离常轨。这个国家几近崩溃,几个世纪以来迈着经久不变的步伐,蹒跚跟跄,却始终没有崩塌。

啊,冷杉啊,这些近百岁的冷杉从容地从眼前掠过。我也许就不该上船,这些北极圈周围地区的河岸掠影不正是对单调乏味的一番隐喻吗……我端着一个满是水垢的大玻璃杯喝着波罗的海三号啤酒,不时举起来让啤酒的上线和地平线重合,就算是独酌时和世界碰杯的一种方式吧。

船长出现了,我立刻认出了他:一个五十来岁的笨拙大男孩,但作为一个西伯利亚人而言他真是瘦得惊人。强壮的男人在这个国家倍受尊重。我曾见过有俄罗斯人用汤勺吃完一整罐蛋黄酱,而且当时天气还不算寒冷。船长的头发在风中乱舞,他身穿一件裁剪粗糙的涤纶外套,肩膀上有三道勋章。为了搞笑我做出了立正的姿势,结果他向我回了礼,我感到很羞耻,因为他居然郑重其事地定在那里向我敬礼。

"您就是那位法国人?"他说。

"是的。"我说。

"是售票处告诉我有位法国人来坐船,所以我们得尽力别搞砸了。"

"啊？"我说。

"为了国家形象。"

"啊，啊！"我说。

"皮埃尔·里夏活着吗？"他问。

"是的。"我说。

"那马修呢？"

"那个画家？"

"不，米雷伊。"

"我猜她可能死了。"我说。

"不，没有，她还活着。我就是总想问问法国乘客，你们居然都以为她死了，真是件神奇的事。"

"就算是吧。"

"船上一切都顺利吗？"

"是的，谢谢，您真体贴。"

"您去雅库特旅行？"

"不，也算是吧，其实我是工程师，我在那儿工作。"

我朝船头方向稍稍指了指。

"就是北冰洋上的那些石油基地。"我补充道。

"啊？"船长说。

"是的。"

"卢克石油还是西伯利亚石油？"

"卢克石油。"

"那现在您是去上班……坐汽船去？"

看来他并不相信我。上船三天了，这让我看起来像个穷困潦倒的落魄之人，而不太像资本主义国家来的地震学家。

"我原本有十天假期，但没回法国，却来了雅库茨克，我选择乘船慢慢地去公司。在法国我们把这叫作'一石二鸟'。"

"俄语中我们叫'一鞭二冤'。"

船长靠着船舷边的粗木，看起来挺兴奋，不过略微有些伤感。在类型学上我把他归类于"艺术家"。在西伯利亚极圈三年的生活让我可以将俄罗斯人划为不同类型。俄罗斯人被历史赋予了不同的性格，时间像凿子一样在他们的脸上刻下印记。暴力和严寒在他们的脸上深挖出条条沟壑。在极地漫长的夜晚，在海面钻探塔高耸入云的"监牢"里，我经常幻想着用古斯塔夫·勒邦的方式写一本《俄罗斯大众解剖学》。每当我遇到一个俄罗斯人时，就把他放到五个社会形态学分类中的一类，到现在为止还没有任何一个和我对话的人逃脱过我的归类分析。

"被迫害的巡游艺术家"：瘦高个、肤白、淡蓝色眼睛，不时会猛地做出猝然的手势，讲话不顾后果，一头没有光泽的浅金色头发，相较于屠格涅夫的温柔而言更接近陀思妥耶夫斯基式晦涩，含糊、混乱的谈话，对玄奥事物和一切形式的灵修有着浓厚兴趣，除了有关《古兰经》的内容。

"血腥的猎手和开心果"：胖而壮实，皮肤紧绷且很红，蓝眼睛，头发浓密，金发且常留寸头，活力十足，健谈，嗓门大，嗜酒，同于外省爱吹牛皮的斯拉夫人，生活在外省或者乡村，善于投机取巧和操纵机械，极端务实，对艺术有着深如大海般的漠不关心。

"拉斯普京式神经衰弱的阴谋家"：棕发，表现型阿布哈兹-格鲁吉亚人，身材矮小，悲惨过往造就的五官，大胡子或棕色小胡子下隐藏着傲慢，表面寡言且顺从，实则有着复杂、动荡经历的受害者，政治观点接近虚无主义，态度轻蔑且生活优雅。这类人丰富了十九世纪末面色苍白的思想家和反沙皇者的队伍。

"热情的年轻步兵，法西斯粉碎者"：肌肉男英俊阿波罗式的古典美，微笑、精巧的鼻子、男性化的脸庞，非常合适做斯大林雕塑的模特，或者爱森斯坦电影中英勇冲锋场景中的群众演员。

"苏联解体后的暴发户"：靠苏联解体发家致富的寄生虫，身形软塌，白而肥硕，将他们的没教养和没文化深藏在可怕的同色系套装下，拥有一堆浮夸的小玩意儿和自我满足感，尤其具有俗不可耐的品位，通常是些莫斯科人，他们认为大自然就是主题公园，而野生动物都是用卡宾枪射击的靶子。

"船长！"

"怎么了？"

"我请您喝杯啤酒吧？"

"谢谢，好的。"

"在法国，船长总说他们值班时不能喝酒。"

"啊！"他叹了口气，"讲究精致的法兰西文明。"

我猜他是在讽刺。很快，我端来了一杯波罗的海三号啤酒，冰镇的。金色的酒液在泡沫下面发出噼里啪啦的声音。

我们为这次相遇干了杯。河岸绵延不绝，似乎没有尽头。我们仔细看着那些沉闷的铜绿色冷杉，它们像无边无际的千万把刺刀。对我们而言，马达低沉的轰响自然得像自己的心跳。忽然，树林间出现了一道缝隙，可以看到沿河的一片宽约百米的空地，一座废弃的木屋伫立在一片树桩之中。这个场景给我留下了极深刻的印象，因为它显现出一种惊心动魄的美。

"这是真福者康斯坦丁的木屋。"船长说。

"一个圣人？"

"他一直活着。"

"在这儿?"

一眨眼的工夫,我们从船上已经看不到那片风景了。船的航迹和生活一样,是台粉碎机。已在船尾的那片空地,现在只是树林城墙上凿出的无数模糊不清的黑印中的一个。船长盯着下游的方向。

"不,那个木屋已被遗弃。那个人,我跟他很熟。他是雅库茨克的有轨电车司机,是个了不起的家伙。有一天,他的妻子死于静脉炎,于是他就决定将自己的灵魂奉献给上帝。"

"真有意思。"

"什么有意思?"

"在不幸中,有些人选择诅咒上帝,有些人却迫不及待地向上帝靠拢。"

"这取决于每个人的母亲给自己的爱。"

"每个人的母亲?"我说。

"对信仰的虔诚程度和每个人所获得的爱成反比。受溺爱的孩子都是不虔诚的基督徒,而其他人则在祈祷中寻找温暖。神甫就是缺爱者的母亲……"

"啊……"我说。

"总之我是这样认为的。"船长说。

"是的。"

"这也算一种理论。"我补充道。

"那康斯坦丁呢?"我问。

"阿里奥娜死后,他就从城市交通公司辞了职。那时还是戈尔巴乔夫当政期间(此时船长朝水里吐口水)。他卖了房子,然后就消失了。六个月后人们才发现他的踪迹:他自己修了一间木屋,就是您刚才看到的那个三米宽四米长的木方块,里面只有一台火炉、两扇窗和一块伐木堆的挡雨披檐。"

"为什么您刚才要朝水里吐口水?"

"戈尔巴乔夫抽空了我们的国家,真是个混球。"

"那康斯坦丁靠什么生活呢?"

"他从城里带了些食物,几罐面粉、米和茶。有时一艘船会停下来,给他送些物资。最开始他还钓钓鱼,偶尔打打猎,但很快就停止了,因为按他自己的说法,他不想'摧毁上帝创造的生灵'。我那会儿时不时去看看他,尤其在冬天。我凌晨从雅库茨克出发,在冰上开八小时车到他家。他生活很贫苦,可我猜他很乐意见到我。他还会给我煮茶。我俩会坐在窗前,他就跟我聊撒拉弗。"

"撒拉弗?"

"撒拉弗。"

"这是谁?"

"萨罗夫的撒拉弗,是个俄罗斯圣人,他在上个世纪弃绝尘寰,在森林里隐居了十五年。最后,那个圣人的脑子开始稍稍有了点问题：他伸手给熊喂食，晚上贴着麋鹿的肚子睡觉。你们有阿西西的圣方济各，我们则有撒拉弗。他们都看破红尘，最后变得更钟情于和动物交流。康斯坦丁想和他一样。"

"然后呢？"

"起初，一切都很顺利，他很幸福。他在慢慢疗愈丧妻之痛。他会连续数小时对着喀山圣母像祈祷，有时还要封斋，或者和他的狗去森林里。我陪了他一两次，那真是有意思的表演：他跟各种生物说话，向鸟儿们问好，抚摸树木，问花儿的近况，有时他还会朝一颗蘑菇弯下腰，称赞它漂亮的粉红色，或者当他看到一个蚁穴的建造进程很慢时，就会轻声说：'这可不好，亲爱的，冬天就要到了，可你们还没准备好。'综上所述，他已经疯了。有一天，我看到他狼吞虎咽地吞下一大块面包。当时他坐在青苔上，一只小金龟子、一些蚂蚁和他一起吃面包。还有一只鸟在落叶松的树枝上垂涎着它那一份，一只松鼠也从树上跳下来拿它那一块儿，然后立刻回到树上吃掉。我当时眼睁睁地目睹了那个场景。康斯坦丁起身对我说：'我的朋友们觉得你人很好。'"

"他长什么样子？"

"第一年他瘦了很多，还开始掉牙。我们也开始听不懂他在讲什么。他的胡子留得很长很长……他有一双蓝眼睛。我们甚至觉得他会朝荆棘丛里扔把火。当他看到动物时就会变得特别高兴，一旦碰到人，他真实的眼神就会隐藏起来，然后额头紧皱，挤出四道褶子。他变成了天使，远离了我们。"

"离您并不远吧？"

"我嘛，他还可以忍受。我毕竟曾经是他的朋友。我话少，能和他一起分享那份宁静。我也从不问任何问题。有一次他告诉我，问题就像刀，提问题就是不懂礼数的人的标志。那些根本不认识你的人走过来，和你握握手，然后就开始扮演警察，向你砸来层出不穷的问题。而我可以整个晚上一言不发地跟他喝茶。毕竟这些短暂的相见也能让我暂时摆脱我那该死的汽船。和他一起的时光就像穿越到旧时俄罗斯的旅行。"

"列斯科夫的俄罗斯。"

"莱蒙托夫的俄罗斯。"

"舍斯托夫的俄罗斯。"

"先生您可真是博学多才。"船长说。

"主要是因为我在石油勘探站上面待着的时候有大把时间看书。"

"他和您一样，也有很多时间。想象一下，在冬天，一个人待在那个圆木小方屋里。外面零下四十度，狂风暴虐，太阳偶尔露个脸，还是一副病恹恹的样子。白天也就五六个小时的时间，在诊所般白煞煞的天上，苍白、寂静的可怕时光就那么一小时、一小时地慢慢消逝、坠落，每个小时都一模一样。而他呢，独自坐在窗前，看着冬季的尸体，手里紧握着冒着热气的杯子。之后，问题就来了。"

"他开始酗酒了？"

"不，在雅库茨克人们开始谈论他，在离市区八小时车程的地方住着一个隐士，这可是出好戏。伊丽娜·索特尼科娃，一名地方日报的记者去那里待了两小时，然后写了一篇愚蠢透顶的文章《雅库特的圣撒拉弗》，上面附有一张康斯坦丁眼神怪异的照片。这篇文章推动了后来事态的发展。康斯坦丁开始有了访客。每个周末人们从冰上开车拖家带口地去看他。他们的动机其实都挺纯善，这些蠢货。他们只是想去见见那个'对上帝极端虔诚的信徒'，那个'泰加森林的隐士'，人们都这样叫他。那些访客给他带去了面粉、奶酪和啤酒。他们与他合影，并对他说：'了不起啊，请继续加油，我们都梦想和您一样。'然后把手放到他肩上。不过相较于这种亲切的拍肩动作，康斯坦丁更希望这些人给他一拳。随后，人们就离开了，在雪地里留下一串串脚印。很快康斯坦丁变成了一个景点，而他的小空地则成了动物园。所以难怪有些隐士最后都坐到了柱子上，究竟是为了离上帝更近还是为了逃离世间的是非和麻烦呢？"

"这是个好问题。所以他离开那里了吗？"

"没有，他做得更绝。起初他刚安顿好的时候杀过一头熊，还把它剁了。后来，只要远处停下一辆车，他就披上熊皮，戴上熊齿做的项链和熊爪，就这样接待那些访客，手里还握着根棍子。他再也不回答任何问题，他像野兽一样低嚎。您想象一下那些去那儿的人，那些叽叽喳喳、吵个不停的小屁孩儿，本来是想去和'勒拿河的智者'一起野餐，结果见到的是个几乎快疯掉的野人。这让部分人退缩了，可始终还有些胆子大的继续迎难而上。"

"您知道，"我说，"笼中猴子的眼神对人类而言是最大的耻辱之一，可这从未阻止任何小资带着他们的小崽子去动物园。"

"我从未去过动物园，"船长说，"我也没有小孩。"

"我也没有。"我说。

"然后到了盛夏，康斯坦丁就脱掉熊皮，光着身子。那些去他家消磨时光的混蛋竟敢对他说：'康斯坦丁啊，瞧瞧，你不能这样全裸着呀，我们的妻子都在这儿呢。'"

"那他怎么回答？"

"他就开始惊声尖叫，在空地上光着身子乱跑。他蓄着两年没刮的胡子，像骆驼一样大喊大叫，这就是他做的事情。我很高兴地告诉您，后来那些人也没待多久。有一次，有几个家伙去雅库茨克看他，是些人种学家，一群非常担心我们的康斯坦丁的知识分子。他们到了那片空地时，发现他像野猪一样全身是泥，正在一滩水洼里打滚。这个场面大大地打击了这群人种学家，这些可怜的家伙坐了五小时飞机和十小时机动船，见状只得赶紧逃走了。他们到处说连康斯坦丁的狗都被他吓得直哆嗦，还想跟着他们一起逃走。于是，伊丽娜·索特尼科娃——这一切的罪魁祸首，感到自己应该对此负责。于是在某个夏天，她去找康斯坦丁。当他看到那个女人的机动小船靠岸时，他爬上自己的小木屋顶，待在那儿一动不动，浑身赤裸，整整两个小时，不时换换脚单腿直立，还摇晃着手臂，脖子时不时地突然扭动。伊丽娜绕着木屋团团转，试图让他理智些。结果她一句话也没能跟他聊上，便只得打道回府了，回到雅库茨克城里后，她宣布康斯坦丁已经疯了。"

"她说得有道理，不是吗？"

"我倒觉得那是个计谋，是康斯坦丁为了给自己找清净的计谋。疯子不都能得到清净吗？所以他是装疯卖傻。今年八月底，我去看了他一次。我看到他在一片空地中央，全身涂着蓝莓果酱，上面全是蜜蜂。他轻声地说：'来吧，我的小可爱们，快来好好享受一餐。'我走近并小声说：'康斯坦丁，是我。'他睁开眼，望着天，顿时变得僵直，然后抿起嘴发出一声'吱——'，他居然没认出我。"

"现在呢？"

"他重获了隐居之初的那份清净、安宁和孤独。"

"啊！他到别处安居了？"

"是的。"

"更远的地方?"

"算是吧。"

"就像您说的那些柱子上的隐士一样?"

"差不多。"

"他也那么与世隔绝?"

"更隔绝。"

"也更宁静?"

"宁静一千倍。"

"像勒拿河的河岸一样安宁?"

"无与伦比的安宁。"

"也更寂静?"

"比这更好:一点声音也没有。"

"那些人不再去看他了?他们终于明白了?"

"不,不是这样的。访客严禁进入雅库茨克精神病医疗研究中心的禁闭区。"

信

没有邮差！没有信！

会不会丢失了一封信？我非常担心。

这么久都没给我写信，真是不太友善呀。

——福楼拜

一八七七年一月五日周五写给侄女卡洛琳的信

保尔-瓦扬-库蒂里耶街的邮箱就在哈姆松北欧餐厅的正对面，下课铃声一响，拉瓦希耶高中的学生就会成群结队地从那里蜂拥而过。刚从特罗姆瑟来这里不久的女售货员玛丽克的紫色眼睛可比松木陈列架上成排摆放的装满鲱鱼的广口瓶更吸引那些满脸痤疮的小混蛋，更何况它们还是用挪威路德宗令人绝望的极其缺乏想象力的特有方式摆放的。

取信时间是每天早上十点和下午六点。去年，取信时间因工会压力做了改动。工会发言人在一则公告里宣称"没人觉得有必要在下午六点以后寄信或在十点以前捎信"。一九四五年规定的下午三点的取信时间就这样被取消了。人与人之间的通信越来越少，他们更喜欢拨电话。

莫里斯一九七五年就从留尼汪的圣但尼来到了这里，并从一九七八年起就成了这个区的邮差。他走街串巷，整日硬撑在那辆政府部门专家治国论者强加于邮差的流线型自行车上，这真是辆可怕又折磨人的自行车。莫里斯年轻时就曾当过邮差，在留尼汪岛的马法特冰斗。那时他每月骑行在这些火山斜坡上，路程中有一万五千米的落差，也由此落下了该死的跟腱炎和腱膜断裂，这迫使他只得请求分派到行程稍轻松的地方。后来管理处便让他在斯唐和罗莫朗坦这两座城市之间选择。他研究了一番地图，看到罗莫朗坦离赤道更近，于是他选择了罗莫朗坦。

这个留尼汪人对每条道路了如指掌。他跟商贩打招呼，他们是莫里斯七公里行程上的路标。他属于那些能细细品味已欣赏过千百次的场景、能悉心体会已体验过千百次的感受的人。相较于未知的各式憧憬，那种烂熟于心的确定性更让他欣喜。莫里斯与生俱来的对探险的热爱本可以让他选择别的职业，比如邮航飞行员，他们是唯一能成功克服穿越大西洋时的狂暴气流和分发信件时的可爱单调之间矛盾的人。

每天莫里斯都一成不变地推开邮车大门，往邮箱里投递宣告重逢、带来灾难、重建真相或要求付款的各式信件，而这些邮箱的主人他统统都认识。大多数情况下人们收到的只是发票，但偶尔在某个信封上会出现颤抖的手写体。莫里斯学会了如何从字迹分辨"认真"和"草率"，也会分辨是一封爱的讯息还是一封礼尚往来的寒暄信，又或是一封绝交词，虽然有时他也会有些许犹豫。他很清楚许多人在面对期盼已久的信件时，只需一瞥信封上的字迹，就会心头一揪。邮差是命运的信使，他们分发的不是信件，而是每个人的命运牌。

莫里斯九点五十八分到达保尔-瓦扬-库蒂里耶街的邮箱取早信。玛丽克给他回礼时露出一口白牙，这口白牙证明了北欧药业生产出了最高质量的牙膏，同时展现了斯堪的纳维亚民族无可挑剔的牙龈，这是拉普兰部落撕开熊腱、蹲在树皮帐篷的时代就留下的民族遗产。

"不好意思，借过，先生。"莫里斯说。

邮箱前站着一个二十来岁的男孩，留着深棕色的长发，脸色苍白。他穿着一双打蜡的半筒皮靴、一件黑色皮风衣，戴着一枚银色十字架吊坠，吊坠后面是写着哥特式字母"Vivre avilit"（苟活）的T恤，这代表了哥特帮成员。哥特帮两三年前就开始在罗莫朗坦市中心重振旗鼓。这群拉瓦希耶高中生厚颜无耻地杵在玛丽克的橱窗前整整两小时，就为了这个维京女孩能从香肠上方瞅他们一眼，莫里斯心想，看来自己要和这群满脸青春痘的小屁孩儿之一打交道了。那个男孩一动不动。

"我得打开信箱了，年轻人。"

"我得收回一封信，先生。"

莫里斯非常熟悉这一套，每学期都有那么一两个家伙要捞回自己已经寄出的信。

"年轻人，这不可能。"莫里斯说。

"可它是我的。"

"不，小伙子，信一旦掉进信箱，就归我们管了。"

"这事关生死！"

"仅此而已？你确定吗？小伙子？"

"如果我准确描述那个信封，告诉您地址，而且给您看这个，这样您可以比较字迹……"

那个男孩递给莫里斯一个信封，上面手写着一个阿拉伯女孩的名字和一个北边某区的地址。

"邮局是公共服务机构，是不会将使用者的悔恨纳入考量的。当你将信扔进信箱时，你是在掷骰子。信箱口是单向的，而那些信就像死去的人，朝着早已注定的命运前行，而它们是不会再回到这个小小的黄色坟墓的。"

莫里斯讲着跟那些无可救药、犹豫不决的人重复过多次的说辞。那些人把邮局当成了他们的行李寄存处。

"如果您收下这个呢？"

男孩拿出一张二十欧元的纸币。

"我要生气了，朋友，而且还得报警。"

"先生，我今年二十岁，我爱上了一个姑娘，现在这个信箱里有一封侮辱性的信，而这封信用几排字就终结了两年以来我做出的海格力斯般的巨大努力。这封信对我而言就是凿沉式的自我毁灭，而您是唯一能帮助我脱险的人。"

此时莫里斯用异样的眼神看着这个年轻人。他突然喜欢上了这个把分手看作"生死攸关的问题"、带着旧时代的青春活力自我表达的小伙子。那些粗俗的法国人——那些干瘪的白种年轻人、失去社会地位的资产阶级和傲慢的混血儿，在大张旗鼓地支配本属于他们的一切权利的同时，对这种青春活力进行无端指责。

"你甚至都不知道她是否爱你。"莫里斯说。

"这关您什么事？"

"这关归我分发的邮袋的事。"莫里斯一边说着，一边掏出开箱钥匙。

"等等，先生，求您了。我爱她，而且如果您知道……总之……在那封信里，我对她说了些丧失理智的话。"

"那你写信时是怎么了？"

"我以为她给我戴了绿帽子。"

"所以事实不是那样？"

"当然不是。"

"那你当时就该先确认一下，或者先忍一忍。"

"您难道就从未冲动过吗？"

莫里斯想起一九六九年的那个夜晚，就在马法特的斜坡上，自己的大脑被朗姆酒划出道道伤痕，而血液被熏肉加热，他给了玛丽-特蕾莎一记响彻黑夜的耳光，岛上所有的狗都开始吠叫，所有的鸟都从木槿树上飞了起来，就好像树要抖掉身上的寄生动物。

"从不，小伙子。"莫里斯说。

"您撒谎。"

"是的。"

"把信还给我。"

"刑法对此严令禁止。如果上级知道了，我丢掉的将不仅仅是工作，还会被起诉。对我们而言，从信箱里盗取一封信比违反法律还糟糕，这会让我们颜面尽失。"

"您在投票通过罢工时也没那么多顾虑吧。"

"我告诉你了，我可能因此失去工作。"

"而我呢，我可能因此失去生活。"

"我能告诉你一件事吗？你回得很棒。"

"可您对此又知道些什么呢？"

"我认为最初的行动应该就是对的。未来将会告诉你，你此时此刻的举动遮蔽了直觉。"

"您把我弄迷糊了，先生。"

"来吧，我请你喝杯咖啡，我很愿意给你解释解释。"

莫里斯把那封信滑进它的黄麻布袋里，用方形钥匙锁上信箱的铸铁扣。那个男孩依然纹丝不动。

后来两人去了哈姆松餐厅，玛丽克将一个半欧元的牛奶咖啡倒进镶有拉普兰驯鹿图案的红色大杯里。年轻女孩打量着这两个在一张宜家软木桌边坐下的人：一个头发灰白的邮差和这个每天早晨向她问好、像被哈姆雷特式吸血鬼附身的脸色苍白的小不点儿在一起做什么？这个墨守成规的斯堪的纳维亚女孩觉得男孩一身怪相，不过，二十年来在新教学校里被灌输的民主社会令人肉麻的慷慨消灭了她身上任何偏见的端倪，在生活中应该"宽容"，并要做好本职工作。于是，她端来了咖啡。

"几年前，"莫里斯说，"在留尼汪发生了一场悲剧。我可是从雷代尔船长口中得知此事的，他是我弟弟服役的海军基地核潜艇的指挥官。红宝石号潜艇本应在圣诞前从圣但尼起航，到印度洋执行三个月的任务。出发前夜，给船员的密封邮袋送达潜艇。在每艘军舰上都是由长官负责分发信件。参谋部命令长官们在分发水兵信件前要先阅读，然后判断信上消息的重要程度，以此决定保持或延迟水兵们的登船日期。比如，如果一封信宣布某个亲人临终的消息，那该收信人则将被要求下船。你想象一下，雷代尔船长在投入核反应堆的前夜还得忙着仔细审查一大堆无聊的信件，如果是我肯定会疯掉，好不容易从海军学校毕业，结果还得殚精竭虑地了解某人家里的孩子的水痘好没好，或者珍妮姑妈股骨颈的情况。那天船长打开了一封足足十二页的署名克洛蒂尔德的信。信上圆滚滚的字迹非常难看，克洛蒂尔德宣布将要离开她的丈夫。信中写了所有细节：絮絮叨叨说了一堆抱怨，罗列了种种怨恨，都是些糟糕的控诉。克洛蒂尔德无法再忍受生活的边界由军事码头和机场组成。现如今她遇到了另一个男人，一个真正的男人，她和他同居了。那个男人是来自罗斯科夫的肉店老板……结果，雷代尔船长掉入了陷阱。那封信是寄给他的主机械师的，是个无法替代的人。如果把信交给他，这个机械师的不幸将难以治愈。你想象一下，在水下三百米的地方，在挤满穿着海魂衫、手握扳手在过道里奔跑、满副操心样的男船员的钢筛子里忍受失恋痛苦的感觉。"

"为什么您要跟我讲这些？"

"因为这和你有关。"莫里斯说。

邮差朝玛丽克做了个手势，点了一个果馅卷。

"最终，船长把那封信塞进了保险箱，就放在他九毫米口径的手枪旁边，然后对那位机械师只字未提。他们的海上任务顺利进行。潜水艇巡逻至拉克代夫群岛。三个月后他们回到圣但尼，新的邮袋到了，里面装着船长的新重负——克洛蒂尔德的新邮件。谁知那个肉店老板让她失望，所以她又回来了，非常懊悔。不过在信中她并没有对丈夫说足够温柔的话，也没有对自己说什么严厉苛责的话。于是船长把那两封信都撕掉了，事情就这样解决了，他暗自高兴：看来在生活中最好什么都别知道。总算有那么一次，鸵鸟政策得到了回报。"

"您不正在承认他确实不应该把信分发出去吗？把我的信也还给我！"

"等等小伙子……那个机械师回到了他在布列塔尼的家，再次见到了妻子，两人的生活重回正轨。大海、秋雨、冬日风暴，春天的阳光落在小屋前的杜鹃花上，还有如同他们生活天际线般的登船码头……只是三年后，人们得知机械师用自己的军队手枪对着妻子连开三枪，然后饮弹自尽了。"

"所以呢？这和我有什么关系？"

"年轻的朋友，我讲这些是为了说服你。其实应该让那个潜水艇机械师看到所有的信，然后彻底想清楚，决定再也不回那个家了……他本就该看清妻子的真实面目：两面派、不忠、平庸、内心深处的唯利是图将她推入那个靠蛋白质买卖发财的肉店老板的怀里。如此那层面纱就会被撕掉。所有从命运之轨中被硬截掉的信都会导致一连串因果报应。书信往来就像我们生活中的乐理，它由天理支配，人不应该去修改乐谱。如果我把信还给你，我就在干预某种规则……"

"是的，行了，我明白了。"

邮差压低声音，眯起眼。

"在圣但尼所有人都知道'本达号'的故事，那是一艘飞剪式帆船，十八世纪初的某天它从南非德班起航去欧洲，船上载满了给安特卫普钻石商的珍贵石头和一堆堆象牙，还有荷兰商行的官员们给在泽兰、福里兹或鹿特丹的亲属写的信。结果大船启程后不久就在莫桑比克运河的瑞夫滩遇难了，它撞上了撞碎过无数船只的一片暗礁，那里失事船只数量之多让很多人猜测，也许浅滩本身就是由那些不可计数的沉船组成的。帆船的船舷仓里有封一位年轻船长写给阿姆斯特丹一位裁缝的女儿的激情洋溢的信。在信中他请求她等他回去，并向她承诺了无比美好的事物，字里行间都心潮澎湃，还大肆颂扬婚姻，说幸福的婚姻将终结他枯燥乏味的冒险生活。总而言之就是一封小小的、可笑的求爱信，里面充满着谎言、请求和誓言，一堆给人希望的、令人厌恶的'心灵汤羹'……那封信自然永远不会被寄到。"

"您怎么会知道信的内容？"

"因为那个对沉船事件完全不知情的年轻船长后来写了一篇风格矫揉造作的讽刺短文。在马法特学校的时候别人拿给我看了——阿密纽斯·凡·基普船长写的《书信的厄运》。在那封消失的信中，他让那个女孩等他一年，并发誓下船后会立刻娶她。那个在阿姆斯特丹的荷兰女孩可无法猜到自己的似锦前程就漂浮在马达斯加和莫桑比克的汪洋大海之上。一年之后当那个船长满怀信心抵达阿姆斯特丹时，却惊讶地发现迎接他的是那个女孩在此期间与代尔夫特的一个郁金香种植者生的双胞胎。"

"我的女孩可不是荷兰人，她叫阿伊莎。"

"请严肃一点，你应该已经明白了，永远不要中断一封信的轨迹。一封信就是齿轮系统中的一个零件，无论是偶然还是人为都不应该阻止齿轮的转动。让我寄出你的信吧，这样我也能免于罪罚。另外，我还可以避免今后你对我的诅咒。"

玛丽克送来账单，他们安静地结了账走出咖啡馆，在人行道上握手告别。玛丽克久久地看着那个身披黑风衣的年轻男孩。他并没有对这个陌生邮差干预自己有关阿伊莎的内心挣扎而生气，其实他发现自己对此也不怎么在乎。

散　步

去沉思、散步，随意停下脚步、凝视。

——威廉·华兹华斯

《那慕尔和列日之间的风景》

空气热动力学原理也适用于散步吗？"如果两个身体的机械摩擦能产生热量，那么行走也就一定能让人迸发灵感。"杰克这样想着。他刚刚离开租给了一位纽约女造型艺术家的位于马尔索大街的公寓，那位艺术家用镶黑曜石的胫骨创作的彩色游戏棒似的艺术作品在巴黎大获成功。他从那儿出来走走，想深入思考一些事。杰克朝前径直走了很久，期待着能经过努力让思想丰富起来。他常有机会证明"行走能丰富思想"这个程式的有效性。有一次他沿着罗马台伯河散步时，为一本有关贝宁面具的书构思了序言，只需要围绕《思想与格言》第一百一十九节里尼采将美学定义为"理解他人表达内容的欢乐"的思想美化点缀一番即可。在吴哥窟，他为了给

《纽约客》的一篇文章搭建框架，在巴戎寺废墟中漫步了一整天。当晚他想到了描写一个神庙盗贼和一个高棉舞女的爱情故事。舞女请求她的情人不要把一根十二世纪的眼镜蛇扶手栏带回巴黎，他俩曾在那扶手栏上做爱。他还记得，有一次为了了解新艺术风格的表墙，他沿着里加的各条大道闲逛，因为总编要求他起草一篇"植物之现代巨著"。

今天下午杰克比往常出发得早，他已经在右岸沿着塞纳河朝西岱岛方向闲庭信步了一个半小时。在协和桥下，一个小学男老师正站在护墙上给他的学生讲课：

"孩子们，是谁能告诉我……"

杰克高声纠正道："谁能告诉我，孩子们，应该说'谁'……"

结果那个家伙呵斥道：

"关你什么事，小丑！"

孩子们哈哈大笑。这些法语老师真让人恶心。

第二天杰克得向伦敦某杂志交一篇短篇小说，那是本奢侈生活类期刊，刊登一些围绕佛罗伦萨宫殿的报道和一些墨西哥复式公寓的照片，照片周围环绕的文字则是一些习惯公务舱和纽约报刊、打着"欧洲"或"大都市"标签的作家写的短篇小说。这是杰克今年九月的第一篇邀稿，在此之前他兜里已经一个子儿都不剩了。十年来他的文章都在英文季刊上发表，而每两年还要给波士顿的编辑交一本迷宫式的、冰冷的、啰里啰嗦的、情节发展缓慢的爱情小说，而美国书评通常认为那"过于法式"。他咬着嘴唇从桑戈尔步行桥下走过，艺术桥便出现在眼前，金色桥墩上是刷过漆的黑色铁网，现在能看到它的六个桥拱。

有时河流管理队的船会在塞纳河的下水道掀起一道航迹，层层激浪拍打着岸墩边缘，打扰了那些鸭子。杰克想起一本侦探小说，好像是艾尔罗伊写的。书中那些美国警察混混为了极尽其能羞辱同事就喊道："喂，你最后就会去盐湖城河流管理队服役。"在巴黎，这些河流更像是了不起的人，黑色橡皮艇停泊在奥斯特里茨桥下的岸边，而杰克常常在夏天经过那里去参观植物园里的动物园，他还在那儿为托斯卡纳的编辑写了一篇有关欧洲动物园的文章。

人们从沿岸的柳树下经过。情侣们走得比其他人慢，有些甚至相拥而行，真是如胶似漆，不过总有一天他们会分开，而那将是一次残忍的撕裂。秋天为整座城镀上一层黄铜。此时的太阳在奥赛博物馆的屋顶上，一线阳光刚刚隐没到墙后。树木金光烁烁。塞纳河蜿蜒曲折，它红点鲑鱼般的灰色皮肤上泛着黄铁矿般的光泽。绿头鸭绿孔雀石色的羽毛也在阳光中熠熠生辉，它们穿得像王子，总是那么难以置信的优雅。世界在变，但巴黎始终不断收获着光亮，这仿佛是上帝的恩宠。巴黎人也对此坚信不疑：世界上没有任何比沿塞纳河岸散步一小时更有价值的事了。慢跑的人默默地累积着公里数,为了晚上能心安理得地大嚼松软的肉肠。有些跑步的人会露出基督般的咧嘴苦笑,步履蹒跚。慢跑是社会的神经官能症,而且永不可能康复。

艺术桥上,游客们拥吻缠绵,恰如《孤独星球》书里的游览推荐语。杰克倒更希望有玛丽安娜陪他散步。那个蠢女人没给他回电话。他们是三天前在芙洛莉娜·德·拉皮亚兹的展览开幕式上认识的。展览中的三乘四比例的照片展示了不同的地平线,在那些地平线上伫立着灯火通明却空无一人的建筑。而那些建筑就是玻璃棺材,黑夜中的办公室窗户像极了白色的伤口。玛丽安娜是芙洛莉娜的朋友。那晚杰克和玛丽安娜偶然走到了一起,同时看着一张曼谷的照片,他说:

"您不觉得它很让人沮丧吗?"

"什么?"她说。

"我们不正是生活在这些'诊所'里吗?"

"您觉得住在小木屋里就会更好?"

"这些城市就像医院,而我们都是病人。"

"我感觉倒挺好的。"她说。

"那些最成功的人就会这么说。"

"您是神甫吗?"

"为什么?"

"您说话就像神甫。我们对人们说不要相信魔鬼,他们就会回答'魔鬼就在您身上'。"

"不,我不是神甫。我叫杰克。"

"我叫玛丽安娜。"

那晚杰克费尽千辛万苦给她拿了一杯香槟,两人在不会被人群碰撞的角落聊了一小时。杰克觉得她长着一张很"巴黎"的脸:小而尖的鼻子、齐肩棕发、眼神焦虑,有时某种厚颜无耻的迹象会闪电般瞬间从忧伤中划过,她是一头有着一颗阴险之心的小母鹿。她问他以前在哪里生活,他说"纽约",因为在巴黎没人知道特拉华州。她说:"那么您也生活在其中一间'诊所'里。"后来他们约好要通电话。他留了两条电话语音留言,却毫无回音。如果他能和她上床,那就将确定杰克的一个理论:一个爱情故事的开始总是因为两人在别处都找不到更好的人。

此时杰克离开了梅日斯赫河岸,爬上石梯,到了巴黎圣母院前的空地,只见前墙下面搭起了一个台子,挡雨披檐上用橙色的字母写着"耶稣爱我"的条幅。像条幅上标明的那样,一个天主教摇滚乐队用音乐折磨着周围的空气:

他总会回来。

接受赠与,爱的赠与。

"以如此俗不可耐的品位，那些神甫可没有任何机会获得爱的赠与。"杰克心想。一百年前，那个罗马教士抛弃的于斯曼被刚到巴黎的美国年轻人顶礼膜拜，并将其看作进入一个有害的、内省的巴黎的金钥匙。几个世纪以来，那些教宗崇拜者都搞错了。全体神职人员一直在对"美"宣战，主教们从不错失任何机会表达他们毋庸置疑的坏品位。欧洲抛弃基督教的行为难道不是针对这种"对美的苛求"的彻底丧失的自然反应吗？

此时，一位穿着淡紫色羊毛外套的老太太完全不理会副歌部分的表演，在查理大帝的雕像阴影下给鸟喂食，还轻声细语地说着温柔的话。她有一张哈巴狗模样的脸，凸出的眼球被完全不是源自悲伤的眼泪涂上了一层润滑剂，那只是因为一阵瘙痒刺激了她早因绝望的生活而枯竭了的泪腺。这时几只黑灰色的鸽子飞入一团麻雀。那个女人应该曾经很疼爱她的丈夫，并独自养活了一大家子人。她给那些贪婪的胖孩子喂奶，不时在一尘不染的衣服堆里擦干眼泪，而现在那群曾经贪婪地吸她奶水长大的家伙，连圣诞节都懒得施舍给她一通电话，任她孤零零地变得人老色衰，而这些街边的飞鸟是她唯一的陪伴。而老太太呢，如今她依然用当年的耐心撒着鸟粮，以同样的牺牲精神给这些仍然会飞走的"孩子"喂食。

杰克翻开笔记本，犹豫着是否要把这个场景记下来。他可以借铜像下的这幅画面写一篇类似《巴黎社会小说》的东西。他可以描写一个年轻的美国诗人到了光之城——巴黎后的种种愿望,这个曾为"垮掉的一代"提供庇护所的城市。那个年轻诗人发现了一群愚蠢的老人,他们在不和谐的、带欺骗性的激励型宗教教育下给麻雀喂食,然后一个接一个地跳进塞纳河。不过杂志社肯定会拒绝这篇文章,因为那将是在光鲜的铜版纸上书写灰暗的社会现实主义题材的文章。还有沃尔皮纳·德·拉维尔瓦,那个女总编,也不会欣赏一篇"一百五十年后的"效仿狄更斯的作品。

那位老妇人并没有退让。人们把这些鸟类的人肉栖木看作愚蠢的老家伙,但老家伙们对动物的爱经过了长久的思考。老人是故意与他们的同类隔离开,就像从北极大浮冰上剥离出的大冰块。和人类交往的经历让他们更加坚定地只与更无害的生物打交道,比如鸟、小猫,有时还有老鼠。

杰克继续前行,再远一点,在德拉托内尔桥下的河岸,他看见一些年轻人在搭建的巢房里练习跳舞。每天晚上在垂柳的黄色眼泪下总有些临时的舞蹈课。夏天刚刚飞走,而舞蹈就像一次永别。在一位颈后系着低垂的黑发髻的男老师指导下,人们被一曲甜媚的波莱罗舞曲紧紧包裹,穿着白色短裙的女孩们和严肃的男孩们重复着舞步。此时,从高保真音响中流淌出一首高贵的探戈舞曲,低音部分缓缓震颤。而那些慢跑的人总是径直跑过,看也不看一眼。那些奥迪耶内的红嘴鸥也出来透透气，在这些动作严肃、神情迷茫的人旁边让它们感到安心。学生们的双腿重复着打结、解结的动作，就像在燃烧的火炭上行走，无力地搅拌着虚假的疲惫，然后又会突然挣脱彼此，因为探戈是一种动作清晰的舞蹈。杰克本可以和玛丽安娜在这团金色的温暖空气中跳跳舞，可她始终没打电话。他继续走着，毫无头绪，已经晚上七点了。

桥头的悬铃木嘶吼着，高高的枝头上那些黄绿色的鸟是从梅日斯赫河岸逃出来的虎皮鹦鹉。在那里小动物贩子进行着贩卖奴隶般的交易，却自称捕鸟人。一队穿着百褶裙的姑娘听着一位戴发夹的女士讲着什么"十二世纪末，哥特式大教堂在法国各地区出现"。杰克从铺砌的斜坡重新走回人行道，以前到河岸散步前，瓦莉娅总是在这儿重系一次鞋带。他俩相爱了两年，当时两人住在德拉托内尔河岸五楼的公寓。公寓的窗户朝向河岸，河流周围的景象被悬铃木的残枝败叶遮挡得模糊不清，不过已足够弥补朝西飞驰的车辆不断制造嘈杂声的遗憾，这些车每晚都驶向小资的精致晚宴或者各种成功的聚会。对杰克而言，塞纳河就是一条电光带，或者珍珠灰的反光条。晚上，他俩一阵翻云覆雨过后，杰克总是单肘撑在阳台栏杆上，叼支小雪茄吞云吐雾，一边看着塞纳河静静流淌。他很喜欢瓦莉娅的白色身体，黄油般柔软细腻。爱情在那一年带着牛奶的味道。他早就知道自己会爱上她，因为见面过后他依然很想她，甚至两人紧挨着躺在彼此身边时，在汗水浸湿的床单上他也依然思念她。但有一天，她讲了一些有关摩洛哥旅行的事情，然后就走了。后来杰克收到一张从丹吉尔寄来的卡片，卡片上是一条图册上的变色龙，背面有几行字，是瓦莉娅的分手信。杰克想为什么她选了这样的图片来写分手信。后来，他得知瓦莉娅和一个她从未提起过的前男友复合了，而且那个人和自己长得非常像。杰克心想，瓦莉娅当初选择自己可能就是因为可以把自己幻想成那个前任吧。

杰克走向一个旧书商的铁皮箱，一个月前他在那儿买了一本安娜·阿赫玛托娃的《安魂曲》，那个书商好像并不记得他。这个年轻人谨慎地在一叠书里翻找，然后掏出一本一九三〇年出版的某个叫爱德蒙·朗道尔写的《野性非洲的鸟类学》，三欧元。朗道尔也是杰克母亲的姓，她全名玛丽·朗道尔，是辛辛那提一位服饰用品商的女儿，她的生活和非洲探险倒是没什么关联。杰克买了那本书，然后在阿拉伯文化博物馆的露台上翻阅起来，从露台可以看到巴黎在充斥着二氧化氮的空气中骄傲地颤抖。过了一会儿，他的眼神停留在了一只可怜小鸟的照片上，它的羽毛颜色和热带鸟群光鲜亮丽的羽毛形成鲜明对比，就好像在诠释进化之后美的分配不公。科学注释里说只要给该鸟一些黍米，它就能引领人找到野蜂群，它也因此获得了"指路人"的称呼。人们从新石器时代开始就利用它收集蜂蜜。在鸟的测量图细节和习性介绍下方有一段文字："大约公元一八八〇年，一件逸事在比属刚果引起了广泛议论。一个猎人射死了一只'指路人'的雌性配偶，之后他被雄性'指路人'带到一棵空心树前，而那里有个绿眼镜蛇的窝。猎人伸手去摸以为摸到了蜂群，结果被蛇咬死了。"

杰克记下了这个故事，准备写一则有关事物内在公正即"因果"选择了一个不起眼的信使的寓言。他只需要将那个猎人描绘成严酷的混蛋、砍黑猩猩的刀手、杀大象的恶徒或是竹屋里的嫖客。那个家伙最后将因其卑鄙受到惩罚。不过那会和罗曼·加里的非洲题材小说结局相反，那个信使不会是个英勇的、伸张正义之人，也不是电影里惩戒他人的莫雷尔，他只是一只极度忧伤的小鸟。结局的戏剧性在于其道德寓言的属性和对软弱的颂扬，估计这将如愿以偿地令人厌恶。然后只需要再勾勒出阴暗的雨林，大量着墨于一个道德败坏的金沙萨，在猴子的尖叫声中贪婪地吞噬一切。报社的人将很高兴，因为他在前夜想到的这个点子真是得来全不费功夫。杰克付了咖啡钱，跳上63路公交车，经过荣军院时在本子上写下了几句话，然后在阿尔玛下了车，他跑过桥，还回头看了看西边的天，埃菲尔铁塔背后变成了一幅透纳的画。随后，他在密码键盘上按下2567B后，三步并作两步跨上石梯。

杰克写下了短篇小说的题目《指路人》后，眼睛开始在桌子上游移，寻找着开笔的冲动。菲茨杰拉德的《一个作家的下午》翻开着,静静地躺在书桌上。在空白页下笔前,他觉得吸收一点傲慢的语言和锋利的思想应该是有益的。菲茨杰拉德在一小段话中阐述了他对美国杂志上的短篇小说的意见。杰克的目光落在了这段话上"……例如一些精彩片段,但并不是他自己写的——一些简单的共情的对比,和一本流行杂志里的短篇小说一样俗套,也更容易写。这并不会妨碍很多人觉得它精彩,因为它会很忧伤,并且易懂。"

杰克将书扔到地毯上,把椅子往后一退。此刻,有关小鸟的灵感已经在他脑中死去。他嘟囔了一句"妈的",披上大衣,又出门去河岸散步了。

酒　吧

马尔科夫以为我企图刺杀他的灵魂，

可我更希望和他的老婆上床。

——查尔斯·布考斯基

《一场文学讨论》

　　本特普罗是得克萨斯很常见的那种咖啡厅：留着小胡子、穿着格子衬衫和蛇皮牛仔靴的乡巴佬是那里的常客。这些人得感谢自己的祖先，他们用各种牺牲才换来了此时此刻在飞镖盘旁的吧台喝着百威啤酒的宁静时光。在六孔台球桌旁有一台红色和金色相间的点唱机，朝投币孔里投二十五美分就能飘扬出一首"蓝草"歌曲。凡妲，那个庸俗的橘发女招待映在镜子里和扎啤机的银铬上。她为旅客们端上双份威士忌、金扎啤和淡咖啡。他们把车停在菲尼克斯到图森的M51号公路旁的砾石停车场。伊万猜凡妲的祖籍应该是爱尔兰，因为她的鼻子很翘，腹部微微隆起，还有前臂红棕色的斑点，尤其是当爱美萝·哈里斯和雪儿·克罗用她们婊里婊气的嗓音在音响里模仿五十年代唱腔高声唱《胡安妮塔》副歌部分时她的那股兴奋劲儿。

这几个人是来喝"作品一号"的——罗斯柴尔德家族引进纳帕谷的红酒，凡姐记下了他们的习惯。十天以来，这四个俄罗斯人每晚都会推开前挡门，双眼无神，然后坐到一辆嵌入墙内的红色别克车的下面。跳伞降落区在离酒吧一公里的地方，除非跳出机舱时彻底惊慌失措，否则会立刻看到这家酒吧龙虾色的铁皮屋顶。窗外万里无云，这几个跳伞的人却坐在小餐馆的人造革软垫长凳上一副百无聊赖的样子。二十多年来本特普罗一直接待着这些整天都在跳伞的人。坐在吧台的那些得克萨斯人毫不在意这些被老酒鬼艾迪称为"自杀的蠢蛋"的家伙。艾迪从一九六四年开始就在伊洛马托河附近的大牧场当牛倌。

雅罗斯拉夫脱掉自己的鸭舌帽。

"你不该这样，美国佬在室内都不脱帽。"尤里说。

"那我再戴上。"雅罗斯拉夫说。

"得入乡随俗。""老师"说。

他叫尤里，可大家都叫他"老师"，因为他是这群人里最年长的，而且戴着眼镜。

"哎哟。"娜斯佳说。

145

娜斯佳是"老师"的妻子,她今晚要庆祝一件重要的事情。

"敬你今天的第一千跳!"尤里说着,往酒杯里倒入那瓶凡妲在跟前打开的沉厚浓郁的红酒。

"也敬未来的无数跳。"娜斯佳说。

"要么跳伞,要么死。"雅罗斯拉夫说。

伊万站起身,用木刨花般蹩脚的英语向凡妲点了些炸洋葱圈,然后还冲她用俄语说了些淫荡的话,并假装完全听不懂那个姑娘提的问题,因为他想再闻闻她身上的气味,这气味让他想起了卢德米拉的沐浴露,卢德米拉是一九八八年七月符拉迪沃斯托克共青团员聚会时和他在马克西姆-高尔基露营地的卫生间里"打过一炮"的先锋队员。

"伊万?快过来,我们要干杯了。"娜斯佳说。

每年十二月,这四个俄罗斯人就会从亚利桑那州的天空跳下,对他们而言,来美国跳伞能让在俄罗斯远东的灰雾中艰苦辛劳的一整年变得圣洁。雅罗斯拉夫和伊万是原子物理学工程师,在符拉迪沃斯托克附近的大卡缅核潜艇基地工作。娜斯佳负责他丈夫尤里在市中心的美国车车库的会计工作。现在那些后苏维埃新贵喜欢开着悍马在城市交通拥堵中大肆显摆。不过总有一天他们会把这生命般珍贵的机器彻底搁置回车库,因为那些该死的后备零件永远无法按时穿越太平洋送达。有时某个蠢货会把车开离车道,尤里就会抱怨一周，因为路边撞得稀烂的车架可不会给经销商树立什么好形象，而他们的存在就会慢慢地从日本海面前消失殆尽。不过好在一周中，他们可以畅饮红茶，沃拉基米尔王子茶和这群人听天由命的人生态度真是相得益彰。当日子流淌得过于缓慢，在监视器前或在排油气味中，他们就会想象着周末挤在一架小小的双发动机Yak52里。而那时，他们将期盼飞机侧门打开，风猛烈地灌入机舱的那一刻——那将是彻底的释放。每周六早上九点他们都会在波罗迪埃夫机场集合，风雨无阻。跳伞运动为他们献上了打开冰雪天空的一把钥匙。娜斯佳有时想，她其实只为这一刻而活：大地忽然出现在舱门前的片刻。从飞机上纵身一跃的感觉比爱情更美好，那不是升天，而是从天而降。

"可是一直戴着帽子很奇怪呀。"雅罗斯拉夫说。

"我们习惯奇怪的东西，"娜斯佳说，"去年我和尤里一起去了马来西亚，我戴了面纱。第一天我觉得想吐，可第二天我就全忘了。"

"所以一旦开始习惯'不习惯'，人们最终就会接受'不可接受'……"

"这句话是谁说的来着，娜斯佳？"

"切·格瓦拉说的，应该是吧，"尤里说，"或者是克鲁泡特金，我也忘了。"

"入乡随俗又不是什么羞耻的事。如果你们受邀去别人家,最起码得卑躬屈膝……"

"生活就像跳伞,要懂得屈膝。"伊万说。

"你们知道斯图达特和康诺利吗?"尤里说。

"是个冰淇淋牌子?"雅罗斯拉夫说。

娜斯佳做了个手势,凡妲便端来了第二瓶红酒。伊万冲这位女招待抛出一个白痴般的微笑,贪婪地看着她白花花的丰满胸脯,联想着符拉迪沃斯托克的阿莱欧茨卡娅意大利餐厅的鲜奶酪甜点。

"不,"尤里说,"是两个英国人,十九世纪末他们骑着马周游中亚,是两位大使。他们是受英国女王的派遣。有一天他们到了布哈拉,想觐见乌兹别克皇帝——一个手指肉嘟嘟的暴君,他只需要打个响指就能让那些斯拉夫舞女躺入他的怀里。"

"真是幸福的年代!"雅罗斯拉夫说。

"闭嘴,雅罗斯拉夫。"娜斯佳说。

伊万并没有在听,他仔细打量着凡妲扭动的腰身。我们可以给姑娘的动作建模吗?突然,那个女招待和伊万的眼神交会,她扬起一边眉毛,露齿而笑。

"你在你的车库里就看这种东西,尤里?"雅罗斯拉夫说。

"是的。那两个官员去了乌兹别克皇宫。有人告诉他们可汗答应接见他们,并等着他们。于是两人骑着马进入城中,脚未沾地。

他们并不知道当地习俗,只有皇帝才享有不下马的特权,庶民都得下马。而英国人对此一无所知。因为不懂得造访国礼节,这两人被公开斩首。英国女王的请求书也没能见效。"

"很好,习俗万岁!"娜斯佳说,"你的帽子得一直戴在头上。"

"还有另外一个故事,在蒙古……"尤里说。

"你知道伊万没在听你讲吗?"娜斯佳说。

"他有点分心,可怜的孩子。"雅罗斯拉夫说。

"我觉得她喜欢我。"伊万说。

"可怜的丫头,"娜斯佳说,"这些美国人毫无品位。"

尤里给大家斟上酒,他们为"爱情"干了杯。

"在蒙古,一位亚美尼亚密使到了可汗的宫殿。他在大草原上长途跋涉,走了万里路,终于走进了皇帝的帐篷,却不知道蒙古包门栏处的木板是有象征意义的,就像冥河或者阿刻戎河,是宇宙和内部世界的分界线,总之,你们懂的……谁知道那家伙为了不把蒙古包内的地毯弄脏,用靴子蹭了蹭木板连接处,然后就被砍了头!"

"他的头肯定滚到了草原上。"娜斯佳说。

这时凡妲走了过来,弯下腰,把一盘炸洋葱圈放到桌上,俯身的动作无意间撩起了T恤的一角。

"谢谢,我的亲爱的,"伊万用俄语说,"有一天你和我都会一起从飞机上跃入空中,而我则会在地面上扑到你身上。"

"伊万,你真烦人。"娜斯佳说。

尤里把酒斟得满满当当的。

"咱们还可以继续举例子,"他说,"对图阿雷格人而言,走到一个人和他的烤火堆之间是一场生死挑战;在亚洲摸孩子的头是一种不敬;对波斯人竖起大拇指是非常下流的动作……"

雅罗斯拉夫按俄罗斯人的方式把两个刚喝完的空酒瓶放到长凳脚边的地上。

"我不确定那些美国佬喜欢地板上放满瓶子,"娜斯佳说,"把它们放回桌子。"

这时凡妲走过来收拾。伊万立刻抓起那两个瓶子递给她,姑娘要拿的时候他却不松手。这时,原本支着胳膊坐在吧台的一个"南派拥护者"模样的汉子展开他一米九二的身段,朝这桌俄罗斯人走了过来。他的巨蟒皮牛仔靴随着每个步伐铿锵有力地敲击着地板。他把一个拳头放到桌上,另一只手绕着凡妲的腰,高声地用完美的俄语说道,几乎难以察觉到太阳地带的前颚擦音:

"地上的瓶子倒没什么大碍,我的祖父母也都是些又穷又蠢的庄稼汉移民。但这里完全不能接受的习俗是,因为似乎你们对此感兴趣,那些新俄罗斯的小混混对本特普罗的女招待抛媚眼,而她又正好是我的老婆。"

圣诞老人

我是真正的圣诞老人。

——《埃松信息》

二〇一二年十二月刊

  他对圣诞节自有打算。又得熬过一整天,里加的人行道结了冰,穿着毛皮大衣的女人们小心翼翼地挪着步子,每天的这个时候所有女人都是那么不合时宜的优雅。已经正午了,那些高跟儿在雪地里戳出无数个洞,就像法兰西岛森林中的沙石小路上孔雀爪留下的印记。斯拉夫人、波罗的海人和摩尔多瓦人都知道如何在薄冰上行走。但在法国,人们要么滑倒,要么扭伤手腕,然后还要控诉政府没有在路上撒盐。

  他从罗斯托克坐渡轮来。渡轮上载着爱沙尼亚卡车,不停地看着石英表、脸色苍白的俄罗斯人,还有穿着紧身黑T恤的德国游客。这些人是冲着波罗的海沿海低廉的啤酒和妓女光滑的私处而来。此时雪虐风饕,他透过舷窗看着雪。雪花将夜晚捣碎,它们注定在海水中融化的绚烂表演让他感到非常沮丧。他在热柴油的气味中读完了《人间天堂》,那句"于是我常年烂醉如泥,然后就死了"加剧了颓丧的心情。他把菲茨杰拉德的书扔到软凳上,这本书真不适合在圣诞节读。他很后悔没带上一本可爱的格雷戈尔·冯·雷佐里的书。

他在"十一月十一日"海岸边游荡,细细打量着停泊在码头的船:格鲁吉亚的货船(飘着四个红十字的国旗),维护得无可挑剔的土耳其煤气船,还有印满表意文字的中国集装箱船,上面堆叠着三十米高的货墙:那是全球化上帝的祭坛,一些钠探照灯的强光照亮了仓库。他决定从瓦尔德马拉小路朝大教堂走。每两小时他就换一家咖啡馆,点一份鲱鱼和一杯啤酒,然后开始想念奥尔加。他是去年认识她的。巴黎某报社派他去里加参加一个时装秀。那时奥尔加刚刚成立了自己的时装公司,并在那次时装秀上展示她的设计:一些吉尔吉斯毛毡大衣,用新艺术风格的图案作装饰,还镶嵌着斯基泰样式的珠宝。展示会后,他告诉她自己多么喜欢那些来自大草原的灵感。她对他说自己很崇拜游牧民族的轻盈、斯基泰式珠宝的冷峻和哈萨克饰边的现代性。他对她说"这是穆夏重现成吉思汗"的创作,这句话让她开怀大笑。于是他俩一起喝了杯咖啡,接着她带他去了具有新艺术风格的区看那些情欲弥漫的外墙、长得像植物的大楼，而"植物"的汁液就好像在石头叶脉中传送。他跟她聊法国建筑设计师吉马尔，她恰好记得吉马尔说的一句话："在艺术方面，我们得问问大自然的建议。"然后，她向他伸出手，两人牵着手一同去艾伯塔街喝了一杯格罗格酒，那里离艾岑斯·劳伯试图融合新艺术风格的繁复和波罗的海风俗传统的地方不远。"我也正试着用我的布料做同样的事。"她微笑着说。当晚在餐厅，她告诉他为什么接受了他的晚餐邀请，因为他是唯一一个没有对她的长腿和阿尔泰式淡紫色双眸谄媚的男记者。第二天，他回了巴黎，一路都回味着那个翻云覆雨的夜晚、微凉的皮肤和新艺术风格的身体。

他们开始通信，和这样的女孩可不能写电子邮件。他特地买了绿松石色的墨水，这是米高希尔·艾森斯坦建造的房屋外墙的颜色，也是奥尔加最喜欢的颜色。

奥尔加和父母、兄弟姐妹一起住在港口老区。在里加，老区是个相对的概念。她这样写道："这座城市经历了所有的战争，容忍了一个俄罗斯天才的大肆破坏。"里加的市中心依旧富丽堂皇，像一个黏合了所有建筑风格、遍布敞亮大道的银制糖果盒，但"热情的"苏联风格建筑则占领了港口附近的区域——成排的灰色大楼。她的家人住在其中一栋标准样式的公寓里，从维尔纽斯到符拉迪沃斯托克都是一模一样的这种公寓。在勃列日涅夫时期，这些公寓曾是每家人最大的幸福，因为这是个人在社会体制中获得成功的表现。

某天清晨，他决定从林荫大道去报社。商店门口的圣诞老人张开双手，吸引着孩子们的注意。摄影师拍一张拍立得，十欧元，这样家长就能避免小家伙们的大吵大闹。他观察了一阵旋转木马，研究了一番孩子们的兴奋点，酝酿好了他的计划。

他要在圣诞前夜搞一次突袭，去奥尔加家，不预先通知，而且他会打扮成圣诞老人。奥尔加的弟弟妹妹肯定会惊奇不已，奥尔加自然也会因他们的欢乐感到幸福。而他呢，就会见到她的父母。在圣诞节离开巴黎对他而言没有任何损失。今年也只有在德勒的一个姑妈邀请他过圣诞。他很不喜欢那些充斥着过分甜蜜的微笑的夜晚，还有那些用螳螂一样的动作小心翼翼撕开礼物包装纸的客人。另外在他看来，在圣诞树上放彩球是很没有品位的事情。还有，粗泥小屋里闪闪发光的彩带更是给这个礼物商贩的节日增添了一丝癫狂的气氛。所以，在波罗的海的船上度过圣诞只会更好。

下午六点他到了大教堂附近的英国旅馆。他觉得很冷，街上空无一人，拉脱维亚人应该都准备好过节了。他预订了一个房间，心想如果能成功说服奥尔加来过夜，那么这将是自己的圣诞礼物。他在衣橱的镜子前试了试红色圣诞服和带绒球的帽子，还有在巴士底狱街区买的假胡子。他准备好了给小孩子们的玩具、给母亲的香水和给父亲的波尔多红酒，给奥尔加准备的是两次世界大战间的一幅穆夏的绘画。在包装它们之前他翻阅着这些画，思忖着奥尔加的头发和这位捷克画家笔下的少女意面般的鬈发真是像极了。

旅店接待处告诉了他去港口的路线，步行需要半小时。他找了很久才找到那栋楼。他上了混凝土楼梯，在楼道里换上圣诞老人的服装，然后按了门铃。不一会儿，一位戴着卷发夹的女士开了门，扑面而来的白菜味道让他想起了渡船。房间里漆黑一片，除了厨房天花板上的顶灯照着一张树脂方桌，一位穿着睡衣的先生正在读报纸。两个肥肥的小孩看着眼前出现的这个人，目瞪口呆，面前摆着他们正在喝的汤。"奥尔加？"那位女士说，"这周她在塔林，一月七日才回来过圣诞。"

于是他回想起八月收到的奥尔加的一封信，信上大略提了一下她的俄罗斯血统和东正教的日历。

火 车

很多年来我都再也没有坐过火车。

——布莱兹·桑德拉尔

《在晚七点四十分的快车上》

一切颠覆生活的事都是极偶然地突然发生的。命运就像稳稳当当放在门上方的一桶水，当人走进房间的一刹那，瞬间全身就被淋湿。人的生存状态也大致如此。我在一个完全出乎意料的夜晚学会了"随遇而安"。

"随遇而安"在法语里没有相对应的翻译。这个俄语词是指人在面对世界的荒诞和重大事件的变化莫测时的一种态度。"随遇而安"是面对生活中的突发事件时一种愉快且绝望的屈从。"随遇而安"的忠实信徒被"命中注定"碾压，不明白为何要对自己的命运表达不满或进行无谓的反抗。对他们而言，那就像困在金蛛网里的小飞虫，挣扎根本就是个错误。不，更糟，是庸俗的表现。而这些

"随遇而安的人"张开双臂,坦然迎接命运的多舛,而不是拼命阻挡命运的激流。他们选择纵情生活。

俄罗斯人都不同程度地患有这种形而上的钝感。相反,西欧人则忘记了"淡泊"、马可·奥勒留和爱比克泰德,他们藐视这种惰性的、迟钝的习性,将其命名为"宿命主义"。他们在斯拉夫式的被动态度面前嘟起嘴,表示不满,然后卷起袖子、皱起眉头跑去瞎忙自己的事。因此在欧洲申根国里充斥着忙碌的仓鼠,它们在塑料笼子里围着自己不停地转,却忘记了"接受命运"的种种功效。

那是一列连接符拉迪沃斯托克和哈巴罗夫斯克的火车,车外夜色掩埋了远东俄罗斯无尽的忧伤。列车经过铁道沿线的路灯时,人们就能看到一丛丛的白桦树。那些白色树干是一道道可怕的光亮,撕开黑夜。金属车轮不停锻打着铁轨。我的脑子昏昏沉沉,感觉仿佛整个人都漂在水上。火车行进中的轰隆声捣碎了我被波罗的海啤酒冲刷后的大脑废墟。我可是提倡"在远行前灌醉自己"这一俄罗斯传统的忠实粉丝,所以在跳上火车前我狂饮了一番。

火车开过乌苏里斯克站时,我看着一个工厂的钻探架和起重机的微光远去。一个热发电站雇用上千人,并为整个地区提供热水。大片水蒸汽在夜里吹起白色泡沫,它们被钠灯的折射照亮。而很多俄罗斯人正在这片虚无中生活,在这片林立的烟囱下。我想头三十五年应该是最容易的，三十五岁以后就对一切习以为常了，只需看看那些四十来岁的人，他们只想着如何继续活下去。

我看了看手表，午夜，然后高声说道："去找瓶啤酒喝。"

在火车里唯有一条路：要么朝前，要么朝后。列车上的移动就像河上的航行。

我朝这辆跨越西伯利亚的火车尾部走去。到了某节车厢时，一个一百一十公斤重的乌兹别克壮汉拦在了过道中央。他对我说"不准过"，伸手挡住我，就像那些沙特阿拉伯石油巨头的安保人员在国际酒店的大堂里那样。他知道我微不足道。但我受也门螃蟹的启发，借着波罗的海啤酒的酒劲儿回答道：

"让开，可怜虫，否则就敲碎你的脑袋。"

也门螃蟹非常让人感动，当它的后路被切断时，它会勇往直前毫不退缩，身高仅五厘米的它会摇晃着细小的胳膊挑战你。它的体积比你小三十倍，却准备好跟你打一架。它坚信自己的力量，也确定你的胆怯。螃蟹都是带钳子的、了不起的唐吉诃德。它的好斗让我感动至极。每次偶然挡住一只也门螃蟹的去路，我都会俯首称臣，毕恭毕敬地给它让路。而这种情况下，那个乌兹别克壮汉一定会踩碎它。

他抓住我的领子，把我扔向车厢隔门，门格的玻璃被撞得粉碎，好在我及时用手臂护住脸。此时火车到了卢切戈尔斯克站。

于是我灰溜溜地回到了自己的车厢。那些乌兹别克人在帖木儿时期就沾染上了坏习性。今天人们为这个军事首领在塔什干的街道上立了雕像，可他依然是个可恶的野蛮人。一些专家认为他推翻了法老时代的丧葬建筑原则，发明了用手下败将的头颅垒成金字塔的艺术，要知道埃及人可是把骷髅放在建筑物的内部。

我这节车厢里有个年轻姑娘，忘了她的名字，很多西伯利亚姑娘都叫奥尔加，而且我也挺乐意假设她也叫这个名字。我坐到自己的卧铺上，对铺是奥尔加。很快我发现自己全身是血，一块玻璃碎片在手腕内侧拉出了一条十五厘米左右的口子，肉被割破了，一块外皮悬吊着。刚刚的兴奋紧张加上酒精和旁人的尖叫共同麻醉了我的疼痛。此时可以看到露出来的动脉壁在颤动，就像两栖动物细薄皮肤下的心脏。整出闹剧清晰地、彻底地阐释了生命的脆弱，再多那么四毫米，这个帖木儿的龟孙子就能让我血流如注。如果是这样，我完全能联想出之后的画面：一个醉醺醺的警察会上火车，然后迅速写一份陈述报告，报告里精简地将事件总结为"一个外国人在符拉迪沃斯托克开往哈巴罗夫斯克的列车上的自杀"。然后负责这节车厢的工作人员会把地拖干净，然后火车继续安然地朝阿穆尔河岸驶去。俄罗斯的火车是非常准时的。

不过，一件了不起的事发生了。为了真正体会事情的经过，得先想象一下如果一个法国年轻姑娘在利摩日开往维祖耳晚上十一点的火车上看到一个微醉、浑身带血、动脉露在外面、皮开肉绽的人时的反应。"从这儿开始，一切都将变得复杂"，就像儒勒·凡尔纳在《沙皇的信使》中写到的一样。

只见奥尔加坐起身，打开手提包，从里面硬扯出一些消毒布条，然后开始清洁我的伤口，就像《危险生活》里的修女给布莱兹·桑德拉尔包扎残肢时一连串优雅的动作。接着，她用指甲刀剪掉外翻的皮肉末端扔进垃圾桶，用牙撕下一块枕套布做了绷带，并用香水洒在上面消毒。香水是欧莱雅集团出口到俄罗斯的一个廉价牌子。我思忖着她包扎得真好。在这种姑娘面前，难怪当年纳粹会在斯大林格勒溃不成军。

火车在无辜的犯人大军铺就的铁轨上嘎吱作响。香水刺痛着伤口，我挤出一副苦脸，谁料被我的这位"乡村女护士"发现了，她用坚定的语气提醒我："没人在乎你的伤口，随遇而安吧，伙计。"

缆　车

> 永别了舞会，永别了跳舞……
>
> ——克莱芒·马罗

小木屋里洋溢着猪血肠的欢乐的味道，柴火映在甜甜圈油渍渍的亮面上。印有拉普兰驯鹿图案的大大小小的餐盘摆满了餐桌，香料蜜饯面包闪闪发光。降临节的荆冠立在四根等待被火柴点亮的大红烛上。圣诞树上挂着麦芽糖，是格莱托和汉斯——十二岁和九岁的小胖墩儿藏在花彩下面的。树都是圣人，它们任人随意摆弄，却默不作声。至于猫，它悄悄藏了起来。

马特洪峰在窗外展开它的山脊，像纹丝不动的蝙蝠翅膀把窗户框了起来，又像一大块墨团向上浸入天空。几小时前，夕阳为层层山峦涂抹上几笔水粉色，还将它们投映到银制餐具上。重重叠叠的山脊高贵而宁静，它们孕育了无数渴望在岩壁上抓握黑色岩石的登山者。此时此刻，只有山巅被风帽般的霞光照亮。格丽塔、格莱托和汉斯的母亲刚刚灌充了那些小鹌鹑。她强忍住不去尝自己做的李子馅,因为诸圣瞻礼节以来她已经胖了八公斤,从此她便开始跟想将东西统统塞进嘴里的病态欲望作斗争。现在她还得准备贝壳,把牛肝菌装满圆筒锅,把圣诞啤酒放到冰箱,把蜂蜜酒倒进长颈大肚水晶瓶里醒酒。为了愉快地干活,她放着一首奥地利蒂罗尔的约德尔调演唱组合的歌。这些穿皮短裤的歌手将音乐成功化作流淌的奶油。

几小时后父母兄弟就会到了。一切都将准备就绪,和每次一样,和每个圣诞节一样。一辆雪橇从窗前划过,笑声四溢。人们叫喊着一些英国名字,戴着连指手套的手里捧着彩色礼盒,盒子上缝着时装设计师的名字。很快在圣诞树下,一些纤细、白嫩的手将打开卡地亚的首饰盒、爱马仕的橙色盒子。采尔马特在节日前夕的繁忙准备中兴奋不已。圣诞节是人类历史上最完美的精神世界篡改事件。人们将一个平均主义的无政府主义者的诞辰庆典改造成把人埋葬到礼物垒成的墓穴的仪式。再过几小时,在这个十二月二十四日,战后欧洲巨大的神经质气氛将暂缓片刻,我们将迎来众人在一阵如昆虫上颚发出的窸窸窣窣的声响中打开礼物的时刻。

此时木屋内二十七摄氏度。鹅肝酱渐渐渗出油脂,这团粉色肉块沁出了颗颗油珠,像格丽塔的上唇一样鲜嫩。教堂的钟声响起,"已经五点了?他们怎么还没回来,真是奇怪。"格丽塔心想,手里正准备着第二十五个牡蛎。

汉斯-克里斯蒂昂·基普是位巴伐利亚药剂师，十五年来每年都在米拉贝杜酒店过圣诞。此刻他将一枚五法郎的硬币投进望远镜，对准小马特洪峰。马特洪峰的次峰也已蜷在黑影里，但依然可以看到缆车吊舱的金属轮廓。吊舱在轨道的弧形低凹处轻轻摇晃，就在覆盖着冰雪的两座铁塔支柱之间。基普低声咒骂了一句，一个人的侧影刚刚出现在悬挂在半空的缆车吊舱顶。现在是五点十分，天空几乎已经全黑了。

一刻钟后，在采尔马特机械传送公司经理办公室里，雪场滑雪道养护长、三名山区导游和救生员正听着他们的头儿——曾担任过战时参谋的海因里希·海因茨咆哮。"这个时候给我搞这种事！偏偏要在圣诞节这天！"卡尔和恩斯特是公司职员，他们通常下午四点半就从缆车站下来了。和每天晚上一样，他们在规定时间检查和关闭了所有设施，然后启动了服务吊舱。之后就再没消息了……那个吊舱被困在两千七百米的高空，制动系统已启动，死死咬住缆轨。无线电对讲机那头无人应答。

在村子里，消息滑过雪地不胫而走，它溜进大街小巷，渗入每个小木屋。格丽塔听到了流言，立刻冲到了采尔马特办公室，眼泪汪汪。夹心巧克力酥球的味道弥漫在装满滑雪板、冰镐、滑雪赛障碍物的屋子里。格丽塔瘫倒在海因茨递给她的椅子上。除孩子以外，恩斯特和卡尔是她在这个世界上最亲的人，一个是小叔子，一个是丈夫。"做点什么呀，海因茨！他们会死的。"格丽塔声泪俱下。最老的滑雪道养护员——那位经历过十七次骨折的蒙大拿滑雪运动员让她别太担心。那两位技术人员都是瓦莱州本地人，是"纯粹的人，真正的汉子"。另外，吊舱内也有足够过夜的装备，完全不需要担心。何况之前也有人被困在上面过。格丽塔忽然哭得更厉害了，她想到了圣诞前夜的饭桌前那两张空椅子。

晚上七点，采尔马特办公室里一丝不寻常的焦虑沙沙作响。在酒店的酒吧内，蒸浴池的潮气中，甚至餐馆的厨房里，人们都开始纷纷议论起这场不幸的遭遇："有两个人……在吊舱上……被困在里面。"风越吹越猛，带雪子的阵阵寒风刮得窗户噼啪作响。"在那上面肯定和地狱一样糟糕。"人们说着。街上，狂风卷起雪，掀起团团漩涡。

这两个人用全部生命保证度假者乘兴而来、尽兴而归，而此时这两个可怜的家伙很可能被冻僵了，难道人们还可以心安理得地继续畅饮香槟吗？！第一批开始晚餐的游客已经开始面带愧疚，人们回避彼此的目光，有对不幸者的怜悯和同情，但也混杂着某种难以名状的憎恶。总之，这两个无法让吊舱正常运行的混蛋彻底毁掉了整个节日。整个夜晚像极了巴黎左岸那些画廊举办的新闻纪实摄影展的开幕式，身穿貂皮大衣的女士们在照片前细酌香槟，而照片上是一个黑人小孩坐在死去的、肚子隆起的母亲面前。

尴尬的气氛弥漫在空气中。人们甚至能听到银餐具刮过陶瓷容器的声音，几个小孩子开始哭了。此时在这个擅长弓步式滑雪转弯的王国里，气氛真是糟糕透了。圣诞树上亮晶晶的彩带似乎也突然变成了一种特别警示：提醒着客人们，当他们的同胞在暴风雪中奄奄一息时，他们却在悠然自得地大吃大喝。

晚上八点，滑雪牵引索道公司紧急状况办公室里，大家都屏气敛息。海因茨在思考，不寻常的大脑皮层运动让他这张高地酒鬼的脸涨得通红，派出一支救援队是唯一的解决办法。三位最好的滑雪场向导成为志愿者。计划很完美，因为没有别的办法：他们先开雪地车到铁塔支柱，爬上去后再沿缆绳爬到吊舱，然后将那两个不幸的人救下来。行动简单却危险。海因茨是不会退缩的，他咬着指甲，任凭狂风拍打着守卫处的窗玻璃。

在另一边，恩斯特和卡尔铺好了桌布。红白格的羊毛毯上摆着两瓶萨尔奎嫩产的黑皮诺，一大瓶红玉曼红葡萄酒、两瓶冰镇的沃州白葡萄酒，还有一小瓶杏酒。两个柳条篮里装着一条干香肠、一斤格劳宾登州产的风干牛肉和半块瓦莱干酪，卡尔期待着用自己组装的便携式小炉子将它煮化。

这两人将要度过向往已久的一次完美圣诞。此前他们已经说了很多年，要在天神的高度过一次圣诞，在暴风雪的咆哮中……格丽塔生于德国，对她而言衡量一次晚餐聚会成功与否，在于给宾客们灌入的卡路里的多少。她把跨进家门的所有客人都当成六天没吃饭的人一样喂食。她将主人的义务与拯救雪崩遇难者的圣伯尔纳救冻犬的责任混为一谈。她认为小杏仁饼能让残酷的世界变得柔软。她将苹果卷变成爱的储藏室。恩斯特和卡尔早就受够了。他们携手度过了十二个日耳曼式圣诞前夜，竟然幸存了下来。格丽塔生活在奶油中，而他俩却渴望臭氧。他们都得了消化不良症。格丽塔就是让他们恶心的罪魁祸首。多年来，被高海拔塑造得态度愈加强硬的两兄弟开始对十二月二十四日这天的到来感到焦虑。用一场盛宴来庆祝一个被钉在十字架上的禁欲主义者的诞辰，这与他们的新教教义相冲突。还有那些开心的宾客，身后门一关，他们就能在你背上捅一刀……

今晚，这两个人向往干燥的空气、清透的红酒和纯粹的夜晚。他们要将自己悬挂在笔直的钢缆上，度过一个配得上琐罗亚斯德的圣诞前夜。

缆车吊舱是他们梦想的微光，它就挂在黑夜的屋顶上。他们乘服务吊舱过来，然后关闭了车闸，切断了无线电，终于获得了渴望已久的宁静。明天他们就会回到滑雪站，再向格丽塔解释一切。

恩斯特将开瓶器钻进那瓶黑皮诺的软木塞，卡尔点燃了便携式小炉。

忽然,舱顶的窗子猛地被打开了。

一股冰冷的寒气灌进吊舱,随即一个救生员的脑袋冒了出来:"嘿,伙计们!我们成功了!你们得救啦!我们这就带你们下去!"

仙　女

　　一阵魔法，仙女
　　凌波微步间，睡梦般温柔；
　　所有欢愉灰飞烟灭，
　　所有泪水涌上心头。

——狄兰·托马斯
《青春诗篇》

　　那是一个天寒地冻的圣诞，布列塔尼成了带白刺的浅紫色海胆，身上长满冰刺。长浪扭拧着海洋。风呼啸而过，被千万根松针划破。阵阵狂风蹂躏着旷野，敲打着玻璃窗。天空呢？穿着被撕破的云衣裳。阵云骑兵队浩浩荡荡地堆积在月亮面前。饮水槽的水已经结冰，这在我们这儿是很少见的。

　　农场位于悬垂在洛斯特马克沙滩上的斜坡边缘，路边有根史前糙石巨柱，六千年来它一直守护着这里。白天，大海溢满西窗。夜晚在花岗岩墙内倾听激浪拍岸是件幸事。蜷坐在暖炉旁，透过窗户看着暴风雪的满足感完美诠释了已放弃梦想的宅男的感受。门上方是刻有彼特拉克名言的过梁，它告诉来访宾客我们对幸福的定义：若有人整日闲庭信步直至傍晚，那就已经足够了。

圣诞前夜的餐桌上一共十人：波利娜和我，还有我俩的朋友们。阿兰和摩根来自布雷斯特，其他人都住在半岛上。我们关了灯，都有些微醺，在烛光中感觉有些飘飘然。火焰透过喝空的酒瓶在裸墙上投下鬼脸，有时会忽然映出一个侧影，转瞬即逝、摇摇曳曳。

"是仙女的影子……"我说。

"我相信！"波利娜说。

"别又开始啦！"皮埃尔说。

皮埃尔是我们的邻居，他的房子和我们的朝向几乎相同，位于海滨斜坡的顶端，也在洛斯特马克沙滩的另一端。一丛松树挡住了视野，但从侧面就能看出我们两家就像镜面成像一样平行摆放的屋子，两屋之间相距一公里，分别屹立在新月状沙滩的两端，像望远镜的两个镜筒，默默守护着海洋。皮埃尔从非洲回来后就定居于此。在尼日利亚境内的撒哈拉沙漠监管了三十年铀矿地的经历让他渴望大海的浪花朵朵。现在他每天都过着岁月静好的生活，打理打理房子或者到旷野上遛遛狗，时不时也来农庄看看我们。

我们的这位朋友是所有"魔幻世界"的敌人。近四十年来童话和传说在布列塔尼省遍地开花，却让他觉得"无聊至极"。他对一切民俗嗤之以鼻，也极度仇恨布列塔尼风笛。他坚持认为拉斐尔派画作代表了极端坏品位。人们对后浪漫主义绘画中天仙的迷恋让他感到厌恶，当代的神话人物形象也令他沮丧不已。对他而言，给女人添上翅膀意味着光有女人还不够。他坚信对精灵、魔鬼和水神的信仰会损害精神，对魔幻的喜爱是幼稚的表现。他以天气影响心理为由，认为过于潮湿的天气会导致感受的失常，布列塔尼人因此被赋予了一种对不可见事物的癖好。当我们对他说这只是神在人间活物表现中的显灵时，他便愤怒地说：

"我才不信什么仙女呢！"

可那晚没人搭理皮埃尔，因为是圣诞节，我们想捍卫魔幻世界、布列塔尼独有的神怪题材、亚瑟王的传说，还有滋养无数故事讲述者的中世纪神话源泉。每个人都想讲自己知道的故事，也都希望皮埃尔能咽下他的讽刺。窗外的风比先前刮得愈加猛烈了。雪茄的烟雾在屋顶弥漫开来，笼罩在上空。烛光有规律地跳动。阿马尼亚克烧酒泛着蜂蜜般的光泽。

"去年圣诞夜，"阿兰说，"在暴风雨中，一艘拖网渔船在克斯科夫海边的'黑岩'暗礁附近随波漂浮。后来《电讯报》上还刊登了一篇相关文章。那是一个没有月亮的夜晚，船上所有器械都停止了运行，可船却在半小时内安全返回了港湾。船长告诉我当时有些'信号'指引他们，是暗礁上的一些亮光。那些光在船附近亮起来，但船经过后又立刻熄灭。船员们都感觉像是在被谁护送。那些人还说那不是信号灯，是一种活跃的奇怪亮光，悬在半空。"

"是仙女的光环指引了他们！"波利娜说。

"噗！"皮埃尔说，"这些仙女就不能派艘拖船去？"

"闭嘴！"摩根说，"在普卢阿内勒，就在本世纪初发生过一次类似的'发光'的怪事。村里的小提琴手是个奇特的家伙，半疯半隐。他从不接受任何邀请。圣诞前夜他在荆棘丛生的荒野中消失了。'我去为仙女们演奏！'他说。结果他整夜在荒野小路上演奏快步舞曲。第二天他回到村子时，已经精疲力竭、全身湿透独坐在咖啡馆里。他解释说圣诞夜没人想到仙女们的孤单，新的宗教掩盖了仙女们的影响力。人们在圣诞前夜的炉火前享受时，她们却在欧石楠里回味痛苦。所以小提琴手担起了给予仙女快乐、陪伴她们直到黎明的责任。后来，他死后被人们遗忘在公墓一角。但每年的十二月二十四日那天，他的坟墓都会被一片奇怪的微光笼罩：包裹着温柔的光，难以捕捉，肉眼无法看到光源。"

"就是些鬼火，"皮埃尔说，"是些发亮的蠕虫！或者头灯！月光的反射！"

"还有凯朵奈克修道院的故事呢?"阿兰说。

"饶了我吧,"皮埃尔说,"换个话题吧。"

"说来听听。"波利娜说。

"那时候人们经常讲起这件事,"阿兰说,"那是一座本笃会修道院,教堂内北跨梁的墙上挂着一幅画,一幅十七世纪画师的油画,画面是个教堂空殿,殿内整齐摆放着一排排做弥撒用的椅子。画本身很无趣,风格严肃质朴,每个角落都极其无聊。与此同时,在修道院附近的一家餐馆里,主人在墙上挂了一幅叫《仙女》的画,就是十九世纪末英国人特别喜欢的那种画,上面有长着翅膀的半透明的仙女,她们头戴花冠,身穿白色长裙,沐浴在金色的秋光中。其中一个仙女在池塘里,其他几个在桦树林里围成圈跳舞。"

"恶心!"皮埃尔说。

"在某个圣诞夜,一场弥撒正在进行,忽然布道的神甫感觉一阵头晕目眩,他倚靠在讲台上,一根手指指向跨梁那边的墙,瞠目结舌。原来餐馆里那幅画上的仙女进入了教堂里的这幅画,她们坐在画中的椅子上,翅膀收拢合在身后,她们也来参加这场弥撒。那幅画就这样活了……当时人们的惊慌失措真是难以形容,很快大家都撤离了教堂,有人叫了火警……后来所有的画都被销毁了!"

"谢谢。这真是帮了大忙!"皮埃尔说。

那天晚上皮埃尔真是听够了。后来时间不早了,我们互道"圣诞快乐",告了别。我本来坚持要开车送皮埃尔回家,可他想一个人走走,从沙滩那边走回家,还说他需要冷空气、风和盐来消解我们逼他咽下的那一大堆荒唐的故事。

第二天一早,八点,皮埃尔给我们打电话。他的声音听起来很慌张,他叫我们赶紧去他家。开车去他家的路要绕着洛斯特马克的沙丘走,所以和从沙滩走路过去的时间一样,但风还是没有减弱。通话结束十五分钟后我们就到了他身边,只见他站在玻璃窗前望着大海,脸色苍白,眼皮耷拉着。

"昨天我很抱歉……跟我来!"

他什么都没解释,披上外套走了出去。我们跟着他走在他家地盘深处的一条陡峭的小路上。小路穿过长满蕨类植物的旷野,通向大海。

风依然在呼啸,天空中似乎卷起了种种预兆。大海像狗的下唇,湿答答的。我们艰难前行。皮埃尔大声说:"昨晚回来,在沙滩上的时候我觉得非常冷,也许是酒精的缘故?或者因为你们家太暖和,或者因为晚上的大风?我也不知道。我感觉很不舒服,然后晕了过去。今天早上醒来的时候,我居然躺在自己的床上,回家过程的记忆完全没有,于是我又走回沙滩,试图找到我晕倒的地方。"

"然后呢?"

"就在这儿。"

这里是我们两家之间的沙滩，离海滨有十多米的距离。我们很清楚地看到皮埃尔倒下的地方，因为身体在沙上留下一个坑印。从那里开始，两条笔直的平行线一直延伸到皮埃尔家。那是有人抬着皮埃尔时，他的双脚在沙地里划出的两道线。

除此之外没有任何其他痕迹，没有任何抬他的人的足迹。此时，滚滚长浪排山倒海，皮埃尔失心疯般地盯着这两道印迹。